Bia

Jennie Lucas
Indecente indiscreción

Editado por HARLEQUIN IBÉRICA, S.A.
Núñez de Balboa, 56
28001 Madrid

© 2013 Jennie Lucas
© 2014 Harlequin Ibérica, S.A.
Indecente indiscreción, n.º 2315 - 18.6.14
Título original: The Consequences of That Night
Publicada originalmente por Mills & Boon®, Ltd., Londres.

I.S.B.N.: 978-84-687-4183-3
Depósito legal: M-9742-2014
Editor responsable: Luis Pugni
Impresión en Black print CPI (Barcelona)
Fecha impresion para Argentina: 15.12.14
Distribuidor exclusivo para España: LOGISTA
Distribuidor para México: CODIPLYRSA
Distribuidores para Argentina: interior, BERTRAN, S.A.C. Vélez
Sársfield, 1950. Cap. Fed./ Buenos Aires y Gran Buenos Aires,
VACCARO SÁNCHEZ y Cía, S.A.

Capítulo 1

UN BEBÉ.

Emma Hayes se puso la mano sobre el vientre ligeramente abultado, mientras el autobús seguía su camino hacia el centro de Londres, aquella tarde lluviosa.

Un bebé.

Durante las diez semanas anteriores, había intentado no hacerse ilusiones. Había intentado no pensar en ello. Cuando iba hacia la consulta del médico, aquella misma mañana, se había preparado para recibir la noticia de que había algún problema, de que iban a decirle que tenía que ser valiente.

Sin embargo, había visto unos latidos rápidos y constantes durante la prueba de ultrasonido, cuando el médico le había señalado la pantalla.

–¿Ve los latidos del corazón? Hola, mamá.

–¿De veras estoy embarazada? –había preguntado ella, con los labios resecos.

Al médico le brillaban los ojos detrás de las gafas.

–Totalmente embarazada.

–¿Y el bebé está bien?

–Está perfectamente. Es un embarazo de libro, diría yo –había respondido el doctor, con una gran sonrisa–. Creo que ya puede decírselo a su marido, señora Hayes.

Su marido. Emma cerró los ojos, apoyándose en el respaldo del asiento del autobús. Su marido. Ojalá existiera esa persona y estuviera esperándola en casa. Un hombre que la besaría con alegría al saber que iban a tener un hijo. Sin embargo, no había ningún marido.

Solo un jefe. Un jefe con el que había hecho el amor una noche de pasión hacía casi tres meses, y que había desaparecido al amanecer y la había dejado despertarse sola en su enorme cama. La misma cama que ella había estado haciendo durante los últimos siete años.

«Sé que podría hacerlo la doncella, pero prefiero que se ocupe usted personalmente. Nadie puede hacerlo como usted, señorita Hayes».

Oh, Dios Santo. En aquella ocasión, se había ocupado personalmente de verdad.

Emma pestañeó y miró por la ventanilla. El autobús estaba recorriendo Kensington Road. El Royal Albert Hall pasó por delante de sus ojos como un borrón de ladrillo rojo. Se enjugó las lágrimas; no debería estar llorando. Estaba feliz con aquel bebé. De hecho, estaba entusiasmada. Siempre había creído que no podía quedarse embarazada, y aquello era un milagro.

Salvo por el hecho de que Cesare nunca sería un verdadero padre para su hijo. Nunca sería su marido, el hombre que la besaría cuando llegara a casa de trabajar y ambos acostaran a su bebé. Por mucho que ella deseara lo contrario.

Porque Cesare Falconeri, un mujeriego italiano que había hecho una gran fortuna, tenía dos pasiones en la vida: en primer lugar, expandir su imperio hotelero por todo el mundo, para lo cual trabajaba incansablemente, y, en segundo lugar, seducir a mujeres bellas, cosa que hacía por deporte, como otros hombres jugaban al fútbol o al golf.

Su atractivo jefe italiano hacía trizas el corazón de herederas y supermodelos con un encanto despreocupado y egoísta. Ninguna de ellas le importaba lo más mínimo, y Emma lo sabía. Ella era su ama de llaves, y tenía que encargarse de los regalos que él les hacía por las mañanas a sus aventuras de una noche. Normalmente, relojes de Cartier. Comprados en abundancia.

El autobús atravesó Mayfair. Emma observó a los peatones que caminaban bajo la llovizna. Era el primer día de noviembre, y acababan de terminar los coletazos del buen tiempo. La ciudad se había puesto melancólica.

O quizá fuera solo ella.

Desde hacía siete años, desde que había empezado a trabajar como camarera en el hotel de Nueva York de Cesare, a los veintiún años, estaba perdidamente enamorada de él, y había tenido un cuidado exquisito en ocultar sus sentimientos.

«Usted nunca me aburre con sus historias personales, señorita Hayes. Casi no sé nada de usted». Él había sonreído. «Gracias».

Sin embargo, hacía tres meses, ella había vuelto de Texas, del funeral de su madrastra, y él la había encontrado a solas, a oscuras, en la cocina, con una botella de tequila sin abrir en la mano y con las mejillas llenas de lágrimas. Durante un momento, Cesare se había quedado mirándola fijamente.

Entonces, la había tomado bruscamente entre sus brazos.

Tal vez solo quisiera consolarla, pero, al final de aquella noche, había tomado su virginidad. La había llevado a su cama y había hecho que su mundo gris y solitario estallara en colores y fuego.

Y, aquel día, ella había experimentado una nueva magia, igual de impresionante e inesperada. Estaba embarazada.

Sin embargo, sabía que Cesare nunca iba a aceptar el compromiso de formar una familia.

Desde que se había despertado sola en su cama aquella mañana, Emma había mantenido la mansión de Kensington en perfectas condiciones, limpia y brillante, con la esperanza de que él volviera. Sin embargo, por medio de una de las secretarias de Cesare, había averiguado que él había regresado a Londres hacía dos días. En vez de ir a casa, estaba viviendo en su suite de uno de sus hoteles, cerca de Trafalgar Square.

Sin decir nada, Cesare había dejado las cosas bien claras: quería que Emma supiera que no significaba nada para él, como las modelos y las artistas con las que se acostaba.

Pero había una gran diferencia: ninguna de aquellas mujeres se había quedado embarazada.

Porque, al contrario que con el resto de las mujeres, él se había acostado con ella sin usar ningún método anticonceptivo. La había creído cuando ella le había susurrado, en la oscuridad, que el embarazo era imposible. Cesare, que no confiaba en nadie, había creído en su palabra.

Y ella, fantaseando con casitas acogedoras y con el hecho de que, como por arte de magia, él se convirtiera en un padre afectuoso. La verdad era que, cuando Cesare supiera que se había quedado embarazada por causa de aquella aventura de una noche, iba a pensar que le había mentido. Que se había quedado encinta deliberadamente para atraparlo.

Iba a odiarla.

«Pues no se lo digas», pensó, cobardemente. «Vete. Acepta ese trabajo en París. Él no tiene por qué enterarse nunca».

Emma sabía que no podía mantener en secreto su embarazo. Aunque apenas había probabilidades de que él quisiera formar parte de la vida del bebé, ¿no se merecía que le diera la oportunidad de elegir?

Con un suspiro, se levantó de su asiento y bajó del autobús en la parada que había justo enfrente del elegante e imponente edificio de piedra gris que albergaba el Falconeri Hotel. Se puso el bolso en la cabeza para protegerse de la lluvia y entró corriendo en el gran vestíbulo. Saludó con un asentimiento al guardia de seguridad, se sacudió el agua del abrigo y entró en el ascensor para subir al décimo piso. Cuando llegó ante la puerta de la suite de Cesare, tocó suavemente con los nudillos.

Oyó un ruido al otro lado y, de repente, la puerta se abrió.

Emma tomó aire y miró hacia arriba.

–Cesare...

Sin embargo, no era su jefe. Era una mujer joven, impresionante, en ropa interior.

–¿Sí? –respondió la muchacha apoyándose contra la puerta con naturalidad, como si estuviera en su habitación.

Al reconocer a la mujer, a Emma se le encogió el corazón. Era Olga Lukin, la famosa modelo que había salido con Cesare el año anterior. Emma se echó a temblar y preguntó:

–¿Está el señor Falconeri?

–¿Quién eres tú?

–Su... su ama de llaves.

–Ah –dijo la joven, y los hombros se le relajaron–. Está en la ducha.

–En la ducha –repitió Emma.

–Ummm...

–No merece la pena que lo esperes –dijo Olga, y se volvió hacia la cama deshecha del centro de la suite con una sonrisa de petulancia–. En cuanto él termine, vamos a salir. Después de darnos otro revolcón, claro.

Emma observó el cuerpo esbelto de Olga, y sus pómulos marcados. Era impresionante, el tipo de mujer que iría perfectamente del brazo de cualquier millonario.

De repente, ella se sintió insignificante. Era baja, redonda y corriente. Llevaba una gabardina color beis, un vestido de punto y unos zapatos planos. Tenía el pelo largo y negro, y casi siempre lo llevaba recogido en un moño. Hacía años que no iba a la peluquería.

Se sintió humillada. ¿Cómo había podido soñar que Cesare quisiera casarse con alguien como ella?

–¿Y bien?

–No –dijo Emma, intentando contener las lágrimas–. No tengo ningún recado.

–Entonces, adiós –dijo Olga maleducadamente.

Sin embargo, cuando iba a cerrar la puerta, Cesare salió del baño.

A Emma se le paró el corazón al verlo por primera vez desde que habían pasado la noche juntos.

Cesare estaba casi desnudo. Solo llevaba una toalla sujeta en las caderas, y otra colocada con descuido sobre los hombros. Llevaba el pecho desnudo, y aún tenía el pelo negro mojado de la ducha. Él se detuvo y miró a Olga con cara de pocos amigos.

–¿Qué estás ha...?

Entonces, vio a Emma en la puerta, y se puso muy rígido y muy serio.

–Señorita Hayes.

¿La llamaba «Señorita Hayes» cuando se habían llamado por su nombre de pila durante más de cinco años?

Después de haber pasado tantos años disimulando lo que sentía por él, a Emma se le rompió el corazón. Miró a Cesare, miró a Olga y miró la cama deshecha.

–¿Es esta tu forma de enseñarme cuál es mi sitio? –preguntó, cabeceando con tristeza–. ¿Qué te pasa, Cesare?

Él abrió mucho los ojos.

Emma se tambaleó hacia atrás. Estaba horrorizada por lo que acababa de decir y destrozada por lo que no había podido decir. Se dio la vuelta y se marchó rápidamente.

–¡Señorita Hayes! ¡Emma! –gritó él.

Sin embargo, Emma no se detuvo. Corrió con todas sus fuerzas hacia el ascensor, donde podría echarse a llorar en privado. Y empezar a planear su viaje a París, donde nunca tendría que verlo, y donde podría olvidar sus estúpidos sueños de formar una familia con Cesare y su hijo.

Pero no pudo llegar a la puerta del ascensor, porque él la alcanzó por el pasillo, descalzo, y la agarró del brazo.

–¿Qué es lo que quiere, señorita Hayes? –le preguntó.

–¿Señorita Hayes? –repitió ella, luchando por zafarse de él–. ¿Me estás tomando el pelo con eso? ¡Nos hemos visto desnudos!

Entonces, él la soltó. Claramente, se había quedado sorprendido con aquel tono tan cortante.

–Eso no explica por qué has venido aquí –le dijo–. Nunca habías venido a buscarme de esta forma.

¡No, y nunca más volvería a hacerlo!

–Siento haber interrumpido tu cita.

–No es una... No tengo ni idea de qué está haciendo Olga en mi habitación. Debe de haber conseguido la llave para colarse.

–Sí, claro.

–Rompimos hace meses.

–Pues parece que habéis vuelto.

–En lo que a mí respecta, no.

–Eso puedo creérmelo –replicó ella–. Porque, una vez que te has acostado con una mujer, la relación ha terminado, en lo que a ti respecta, ¿verdad?

–Nosotros no solo nos acostamos –dijo él, y apretó la mandíbula–. ¿Es que me has visto mentir alguna vez?

Emma se quedó callada.

–No –susurró.

Cesare no mentía nunca. Siempre decía lo que pensaba con sinceridad brutal. Nada de compromiso, ninguna promesa, ningún futuro en común.

Y, sin embargo, algunas mujeres se convencían de lo contrario. Creían que eran especiales para él, hasta que se despertaban a solas a la mañana siguiente y se encontraban con ella sirviéndoles el desayuno y terminaban llorando en su hombro.

–En realidad, no me importa –dijo ella, pasándose una mano por la frente–. No es asunto mío.

–No, no lo es.

Emma tomó aire.

–Solo había venido a... a decirte una cosa.

Entonces, los ojos de Cesare se oscurecieron.

–No, no lo hagas.

–¿Cómo?

–Que no lo hagas.

–Ni siquiera sabes lo que voy a decir.

–Me lo imagino. Vas a contarme cuáles son tus sentimientos. Tú siempre has sido muy reservada. Yo me convencí de que no sentías nada, de que yo solo era un trabajo para ti.

Emma estuvo a punto de echarse a reír. Oh, si él supiera... Durante todos aquellos años, lo primero en lo que pensaba al despertarse era en él. Y también él era quien ocupaba su mente al acostarse. Lo que él necesitaba. Lo que él quería. Cesare siempre había sido algo más que un trabajo para ella.

–Eso hacía que las cosas fueran mucho más sencillas –continuó él–. Por eso nos llevábamos tan bien. Tú me caías bien, y te respetaba. Empecé a pensar que éramos amigos.

Amigos. En contra de su voluntad, Emma bajó la vista hasta su pecho musculoso y bronceado. Allí delante, tapado solo con una toalla blanca, era un metro noventa centímetros de masculinidad poderosa y fuerte, y no tenía ni el más mínimo reparo en permanecer en el pasillo de su hotel medio desnudo, aunque algunos clientes que iban a sus habitaciones se quedaron mirándolo boquiabiertos. Emma tragó saliva. A cualquier mujer le resultaría difícil apartar los ojos de Cesare.

–Y ahora, tú lo vas a estropear todo –continuó él–. Vas a decirme que te importo. Has venido para decirme que no puedes olvidar la noche que pasamos juntos. Aunque los dos nos prometimos que aquello no iba a cambiar nada, ahora vas a decirme que estás enamorada de mí –dijo, y frunció el ceño–. Creía que tú eras especial, pero vas a demostrarme que eres como las demás.

Por un momento, Emma se quedó sin respiración. Después, se obligó a mirarlo a los ojos.

–Sería una estúpida si te quisiera –le dijo, en voz baja–. Te conozco demasiado bien. Tú no eres capaz de amar a nadie.

Cesare pestañeó.

–Entonces, ¿no estás enamorada de mí?

–Tendría que ser la mayor idiota del mundo.

La expresión dura de Cesare se suavizó.

–No quiero perderte, Emma. Eres insustituible.

–¿De veras?

Él asintió.

–Eres la única que sabe hacer mi cama como Dios manda. Que sabe mantener mi casa en un orden perfecto. Te necesito.

Aquello fue como una puñalada en su corazón.

–Oh –susurró Emma.

Él solo la quería como empleada. Hacía tres meses, cuando la había tomado entre sus brazos y la había besado apasionadamente, todo su mundo había cambiado para siempre. Sin embargo, para Cesare las cosas no habían cambiado lo más mínimo. Él todavía esperaba que ella siguiera siendo su sirvienta leal y eficiente, alguien que no tenía sentimientos y que solo existía para satisfacer sus necesidades.

«Dime que esto no va a cambiar nada entre nosotros dos», le había susurrado él, en la oscuridad, aquella noche.

«Te lo prometo», había respondido ella.

Sin embargo, aquella era una promesa que no había podido cumplir. Y menos, al quedar embarazada. Ya no podía seguir reprimiendo sus sentimientos. Tal vez fuera el caos hormonal del embarazo, o tal vez fuera la angustia que producía la esperanza, pero Emma había perdido el dominio de sus emociones, y era presa del dolor y la pena, y de algo nuevo.

La ira.

—Entonces, ¿por eso huiste de mí hace tres meses? —le preguntó—. ¿Porque tenías miedo de que, si despertaba entre tus brazos, me enamorara locamente de ti?

—Yo no huí, exactamente...

—Me desperté sola. Te arrepentiste de haberte acostado conmigo.

Él apretó la mandíbula.

—Si hubiera sabido que eras virgen... Nada de eso debería haber ocurrido. Pero tú ya sabías cuál sería el resultado. Me alejé para darnos espacio, a los dos.

—Querías fingir que no había sucedido nada.

—No hay ningún motivo para que una aventura de una noche estropee una buena situación laboral —dijo él, y se cruzó de brazos—. Tú eres la mejor ama de llaves que he tenido nunca. Quiero que las cosas sigan igual. Esa noche no significó nada para ninguno de los dos. Tú estabas triste, y yo quise consolarte, eso es todo.

Aquello fue la gota que colmó el vaso.

—Ya entiendo —le espetó Emma—. Así que tengo que volver a tu casa a doblar tus calcetines y limpiar y, si por casualidad me acuerdo de la noche en que perdí la virginidad contigo, debo agradecer que seas un jefe tan considerado y que me consolaras en uno de mis peores momentos. Es usted muy bondadoso conmigo, señor Falconeri.

Él frunció el ceño al percibir su sarcasmo.

–En...

–Gracias por compadecerse de mí aquella noche. Debió de ser todo un sacrificio seducirme para que dejara de llorar. Gracias por su compasión.

Cesare la fulminó con la mirada.

–Nunca me habías hablado así. ¿Qué demonios te pasa, Emma?

Ella se enfureció.

–Por el amor de Dios, ¿es que no se te ha ocurrido pensar que tengo sentimientos?

Él apretó los puños. Después, exhaló un suspiro.

–No –dijo, en voz baja–. Esperaba que no los tuvieras.

–Pues... lo siento. No soy un robot, por muy inconveniente que sea todo esto para ti. Para mí, todo ha cambiado.

–Para mí no.

Emma lo miró fijamente.

–Las cosas podrían cambiar si te lo propusieras. Si me escucharas...

Cesare iba a responder, con una expresión dura, cuando ambos oyeron un jadeo. Emma se volvió y se encontró con un matrimonio mayor que se había quedado mirándolos con asombro en el pasillo. El hombre, que tenía el pelo completamente blanco, se había quedado escandalizado al ver que Cesare solo llevaba una toalla blanca, mientras que su esposa lo miraba a través de las gafas con interés.

Cesare los miró molesto.

–¿Les importaría dejarnos a solas? –preguntó con frialdad–. Estamos intentando mantener una conversación en privado.

El anciano se quedó sorprendido.

–Disculpe, disculpe –murmuró, y ambos siguieron su camino hacia el ascensor.

Entonces, Cesare se giró hacia Emma y dijo:

–Para mí, las cosas no pueden cambiar. ¿Es que no lo entiendes?

Las cosas ya habían cambiado, pero él no lo sabía. Emma tragó saliva. Nunca hubiera pensado que tendría que dar la noticia de su embarazo en mitad del pasillo de un hotel. Se humedeció los labios.

–Mira, ¿no podemos ir a algún sitio para hablar de esto en privado?

–¿Para qué? ¿Para que puedas confesarme tu amor eterno? –le preguntó él con desdén–. ¿Para que puedas decirme que tú eres la mujer que puedes conseguir que vuelva a enamorarme? ¿Acaso te has imaginado que te pediría que te casaras conmigo? ¿Te has imaginado vestida de blanco a mi lado?

–No, no es eso –dijo Emma; sin embargo, él notó su estremecimiento. Era exactamente eso.

–Demonios, Emma –dijo Cesare, suavemente–. Tú, precisamente, tendrías que haber tenido más sentido común. Yo no voy a cambiar, ni por ti, ni por nadie. Lo único que has conseguido con esto es destrozar nuestra amistad. No sé cómo vamos a poder continuar con nuestra relación laboral después de esto...

–¿Es que te crees que quiero seguir siendo tu criada?

Él abrió los ojos como platos. Después, los entornó.

–Tus promesas eran falsas –le espetó, con rabia.

Emma se estremeció de nuevo, preguntándose qué iba a decirle Cesare cuando se enterara de lo peor: que la promesa de que no podía quedarse embarazada sí era falsa, aunque ella la hubiera hecho sinceramente.

Pero ¿cómo iba a decírselo? ¿Cómo iba a darle la noticia de que iban a tener un hijo allí, en mitad de un pasillo, cuando él la estaba mirando con tanto desprecio? Ojalá pudieran volver a su habitación. Sin embargo, en su habitación había una rubia en ropa interior.

De repente, Emma lo vio todo muy claro.

En la vida de Cesare no había sitio para un bebé. Y el único sitio que Emma podía tener en su vida era fregando el suelo y doblando las sábanas.

Cesare la miró con enfado.

–Si las cosas no pueden ser como antes...

–¿Qué? ¿Me vas a despedir? ¿Esa es tu gran amenaza?

Al mirar aquella cara arrogante que ella había adorado durante tantos años, Emma se sintió furiosa por haber sido tan estúpida, y por haber malgastado parte de su vida queriendo a aquel hombre.

Él suspiró e hizo un esfuerzo por moderar el tono de voz.

–¿Y si te ofreciera el doble de tu salario?

Ella se quedó asombrada.

–¿Quieres pagarme por haber pasado la noche contigo?

–No. Quiero pagarte para que lo olvides.

Emma negó con la cabeza.

–Entonces, ¿qué demonios quieres de mí?

Ella se quedó callada. ¿Qué quería? Un hombre que pudiera amarla y que pudiera amar a su hijo, que fuera protector y leal, y que estuviera presente durante el desayuno todas las mañanas, pensó.

Entonces, susurró:

–Quiero más de lo que tú podrías darme.

Inmediatamente, él supo que no estaba hablando de dinero. Con una expresión sombría, dio un paso hacia ella.

–Emma...

–Olvídalo –respondió Emma, y retrocedió. Si permitía que él la tocara, tal vez se echara a llorar desconsoladamente sin poder evitarlo.

Y su bebé necesitaba que fuera fuerte, empezando por aquel mismo momento.

Al final del pasillo oyó el timbre del ascensor. Miró hacia atrás, y vio que la pareja de ancianos seguía allí y que, obviamente, había escuchado su conversación. Se giró hacia Cesare de nuevo y dijo, con la voz entrecortada:

–Ya no voy a ser más tu esclava.

–Bien dicho, cariño –dijo la anciana, desde la puerta del ascensor.

Por la expresión de Cesare, Emma supo que se había puesto furioso. No esperó más. Corrió hacia el ascensor y metió la mano entre las puertas para evitar que se cerraran por completo. Cuando se abrieron de nuevo, entró a la cabina y se colocó junto al matrimonio. Temblando, miró al hombre al que había amado durante siete años. Su jefe y padre de su hijo, aunque él no lo supiera.

Cesare estaba caminando hacia ella, medio desnudo, por el pasillo de su lujoso hotel.

–Vuelve –le dijo, con una mirada fulminante–. No he terminado de hablar contigo.

Eso sí que era gracioso.

–Yo ya he intentado hablar contigo –replicó ella–, pero no me lo has permitido. Tenías demasiado miedo a que pronunciara las palabras fatídicas –dijo, con una risa amarga–. Así que te diré otra cosa diferente: dejo el trabajo.

Y las puertas del ascensor se cerraron entre ellos.

Capítulo 2

«YA NO voy a ser más tu esclava».

Cesare observó furioso como se cerraban las puertas del ascensor y la preciosa y desafiante cara de Emma desaparecía de su vista. Todavía podía oír sus palabras llenas de desprecio.

«Quiero más de lo que tú podrías darme».

Y, después, había dejado su puesto de trabajo.

Cesare no podía creerlo.

Era cierto que, durante aquellos meses, se había planteado varias veces despedir a Emma para no tener que enfrentarse a la situación; pero, finalmente, se había prometido que no iba a hacerlo. No quería perderla, después de todo lo que habían pasado juntos.

Nunca se hubiera esperado aquello. Él era quien dejaba a las mujeres, no las mujeres a él. No, desde que...

Se apartó de la cabeza aquel pensamiento.

Volvió hacia su habitación y, por el camino, se cruzó con una adinerada clienta del hotel. La mujer iba muy enjoyada, vestía un traje de Chanel y llevaba en brazos un pequeño perrito Pomerania. Iba seguida por un séquito de tres sirvientes. Al ver su aspecto, lo fulminó con la mirada.

Cesare frunció los labios con un gesto a la vez de admiración y desdén. Los ricos. Algunas veces, los odiaba, aunque él se hubiera convertido en uno de ellos.

Al llegar a la puerta de su habitación, se dio cuenta de que no tenía la llave. Si seguía allí, medio desnudo, no pasaría mucho tiempo hasta que alguien le hiciera una fotografía que se añadiría a la larga lista de sus indiscreciones ya presentes en Internet. Con irritación, llamó con la palma de la mano.

Olga abrió la puerta, todavía en ropa interior, con un cigarrillo encendido entre los dedos.

–No se puede fumar en este hotel –le espetó él, mientras entraba–. Apágalo.

Ella dio una larga calada y apagó el cigarro en un vaso de agua.

–¿Problemas con la servidumbre? –preguntó, con una dulzura fingida.

–¿Cómo has entrado aquí?

–Vaya, parece que no te alegras de verme.

Olga hizo un mohín y se acercó a él meciendo las caderas de una manera supuestamente seductora. Y ojalá lo fuera; si él todavía se sintiera atraído por ella, tal vez no hubiera enredado tanto las cosas con Emma. Porque ya no podía considerar a Emma una mera empleada, por mucho que quisiera. Cada vez que cerraba los ojos, se acordaba de cómo era tenerla bajo su cuerpo en mitad de la noche.

«No te preocupes. No puedo quedarme embarazada», le había dicho ella, poniendo la mano sobre la suya cuando él había alargado el brazo para tomar un preservativo del cajón de la mesilla. «Es imposible, te lo prometo...».

Y él la había creído. Emma Hayes era la primera y la única mujer con la que había hecho el amor sin preservativo en toda su vida.

Y las sensaciones que había experimentado con ella...

Cesare apretó los dientes. Después de pasar tres meses separados, él se había convencido de que la sensata, fría y eficiente Emma se había olvidado de aquella noche que habían pasado juntos.

Sin embargo, ella no la había olvidado. Y él tampoco.

Demonios.

–No te han fotografiado con ninguna mujer desde hace siglos –prosiguió Olga, ronroneando–. Y sé que eso solo puede significar una cosa: que me has echado de menos como yo te he echado de menos a ti.

Cesare pestañeó y alzó la vista. Se había olvidado de que la muchacha seguía allí.

Ella sonrió seductoramente.

–Estábamos bien juntos, ¿no?

–No –dijo Cesare–. No es cierto.

Recogió la ropa y las carísimas botas de cuero que ella había dejado junto a la cama y se las tendió.

–Por favor, vístete y sal de aquí.

Olga frunció los labios rojos.

–¿Lo dices en serio?

–Sí.

–Pero... ¡no puedes echarme! ¡Todavía estoy enamorada de ti!

Cesare puso los ojos en blanco.

–Ya. Deja que adivine lo que pasa. Estás teniendo una especie de crisis porque tienes poco trabajo. Quieres dejar el difícil mundo de la moda y sentar la cabeza, casarte con alguien rico, tener uno o dos hijos y, después, dedicar el resto de tu vida a ir de compras y coleccionar joyas y pieles.

Ella enrojeció, y él supo que estaba en lo cierto. Podía haber sido divertido, pero aquello le había ocurrido muchas veces, y ya no le hacía reír.

–Nadie te entiende como yo, Cesare. ¡Nadie va a quererte como yo!

Él atravesó la suite, abrió la puerta y arrojó la ropa y las botas de la modelo al pasillo.

–Querida, me estás rompiendo el corazón.

Olga pasó del ruego a la ira en un segundo. Pasó por delante de él y se detuvo junto a su ropa.

–¡Lo lamentarás! –gritó, y movió el trasero, casi desnudo–. ¡Nunca volverás a tener nada de esto!

–Trágico –respondió él, con frialdad, mientras cerraba la puerta.

La suite quedó en silencio. Cesare se quedó inmóvil un momento; se sintió muy cansado, como si el peso de las emociones de aquella pasada hora hubiera caído sobre él de repente.

Emma. La había perdido. Ella se había comportado como el resto de las mujeres, así que él la había tratado como a todas.

Sin embargo, había un problema: Emma era distinta al resto de las mujeres.

«Tal vez esto sea lo mejor», pensó. Las cosas habían ido demasiado lejos entre ellos, y la situación se había hecho peligrosa.

Se vistió y, con el ceño fruncido, se acercó a la ventana y miró hacia la calle. Las luces del barrio de los teatros de Londres ya estaban empezando a encenderse.

A Cesare siempre le había encantado el ambiente de los hoteles, la forma en que cambiaban las caras y la uniformidad de las habitaciones, y el hecho de que un hombre pudiera cambiar de hotel sin cuestionarse su constancia ni pensar que tenía algún defecto.

Él había reconocido el valor de Emma Hayes desde que la había contratado para trabajar en su hotel de Park Avenue, en Nueva York. Ella se había hecho cargo del piso superior, donde él se alojaba cuando estaba en la ciudad. Él se había quedado impresionado con su capacidad de trabajo y su minuciosidad y, al cabo del primer año, ya la había ascendido a subgobernanta. Después, al abrir el Hotel Falconeri en Londres, la había nombrado gobernanta del establecimiento. Y, al final, la había llevado a dirigir el mantenimiento de su mansión de Kensington, para que cuidara de él en exclusiva.

Sin embargo, ella no se limitaba a lavarle los calcetines. Lo mantenía a raya. Al contrario que otros de sus empleados, incluso sus amigos, Emma no se dejaba impresionar por él. Se había convertido en su salvavidas. Era casi como alguien de su familia.

¿Cómo demonios se había permitido el lujo de seducirla? La necesitaba. Siempre había podido contar con ella. Ella siempre ponía sus necesidades por encima de todo. Ni siquiera pedía vacaciones, o tiempo libre. No hasta hacía tres meses, cuando, de repente, se había ido a pasar fuera un fin de semana largo.

La mansión de Kensington se había quedado demasiado silenciosa sin ella, y él había evitado ir a casa. A la tercera noche, no obstante, había vuelto después de tener una cita muy poco satisfactoria y se había encontrado a Emma llorando en la cocina, con el vestido arrugado, el pelo suelto y una botella de tequila, aún sin abrir, en la mano.

–¿Emma? –preguntó él, sin dar crédito a lo que veía–. ¿Te encuentras bien?

–Acabo de volver de Texas –susurró ella–. He ido a un funeral.

Cesare se dio cuenta de que nunca la había visto beber. Ni siquiera champán.

–Lo siento –dijo, con cierta incomodidad, mientras se acercaba. No sabía nada sobre su familia–. ¿Era alguien a quien querías?

Ella cabeceó.

–Mi madrastra –dijo, y apretó el cuello de la botella con los dedos–. He estado años enviándole dinero para que pudiera pagar las cuentas, pero nunca he conseguido que cambiara de opinión. Marion siempre dijo que yo no era más que una egoísta que destrozaba la vida de los demás. Que nunca iba a llegar a nada. Y tenía razón.

–¿Qué estás diciendo? –inquirió él, sintiendo un desagrado instintivo por aquella tal Marion.

Emma señaló la cocina inmaculada con un gesto del brazo.

–Mira.

Cesare miró a su alrededor. Después, se giró hacia ella.

–Está perfecta –dijo–, porque tú eres la mejor en lo que haces.

–Limpiar la vida de los demás –respondió ella con amargura–. Ser la criada perfecta. Invisible como un fantasma.

Él nunca había oído aquel tono de voz tan lleno de enfado y de recriminación hacia sí misma.

–Emma...

–Creía que ella iba a perdonarme–, pero no me dejó ni un solo mensaje en el testamento. Ni una bendición, ni su perdón. Nada.

–Pero ¿por qué tenía que perdonarte?

Ella lo miró un instante, y después apartó la cara sin responder. Tomó aire profundamente.

–Ahora estoy verdaderamente sola.

A él se le encogió el estómago. Se acercó a ella, le quitó la botella de las manos y la dejó sobre la encimera. Después posó la mano en su mejilla.

–No estás sola –dijo, mirándole los labios temblorosos–. Emma...

Y, entonces...

Él solo quería consolarla, pero, sin saber cómo, las cosas se habían descontrolado. Recordó el sabor de sus labios al besarla por primera vez. Su mirada verde y profunda cuando él se había tendido sobre su cuerpo desnudo. La impresión y la reverencia que había sentido al darse cuenta de que era su primer amante.

Ella era totalmente distinta a cualquier otra mujer con la que se hubiera acostado. No solo por el atractivo de su naturalidad y su falta de artificios. No solo por su cuerpo suave y curvilíneo.

Era por el hecho de que la respetaba.

De que, verdaderamente, ella le gustaba.

Emma era la encarnación del confort, de la magia, del hogar.

Pero, si hubiera sabido que era virgen, él no habría...

Sí, sí lo habría hecho, pensó. Sin embargo, sacudió la cabeza con vehemencia. Fuera cual fuera el placer que había experimentado, el precio era demasiado alto. A la mañana siguiente, al despertar, se había dado cuenta de que aquello había sido un error, porque todas sus aventuras amorosas terminaban igual: con un ramo de rosas y con un reloj de oro, que siempre entregaba la persona indispensable para él: Emma.

Se echó hacia atrás el pelo mojado por la ducha y apretó los dientes al recordar la expresión de angustia de Emma cuando había visto a Olga en ropa interior delante de la cama deshecha. Sin embargo, las sábanas no estaban revueltas porque se hubiera acostado con la modelo, sino porque él había intentado conciliar el sueño, sin éxito, después de haberse pasado la noche al teléfono con su oficina de Asia. Por supuesto, Emma no lo sabía, pero ¿por qué tenía él que darle explicaciones?

«¿Qué te pasa, Cesare?».

No le pasaba nada. Era el resto del mundo el que tenía problemas por creer en las promesas tontas y las ilusiones de color rosa. El resto de la gente, por fingir que las palabras «amor» y «para siempre» eran algo más que clichés del día de San Valentín.

Había intentado convencerse de que Emma no sentía nada por él, de que la noche que habían pasado juntos no era más que una huida de la tristeza. Se había dicho que, si Emma lo llamaba «amor», la despediría y contrataría una nueva ama de llaves.

Sin embargo, no se esperaba que fuera la misma Emma quien abandonara su puesto de trabajo.

Cesare siguió observando la ciudad en aquel anochecer de otoño. En realidad, ella le había hecho un favor. No podía ser su amante, su amiga y conocer todos los secretos de su casa. Eso lo situaba en una posición muy vulnerable.

Y, si quería castigarlo por una noche de debilidad, abandonándolo sin previo aviso, que lo hiciera. A él no le importaba lo más mínimo. Apretó los puños. No, no le importaba.

Salvo que...

Sí. Sí le importaba.

Se maldijo a sí mismo y se dirigió hacia la puerta.

Emma salió de la estación de metro de Kensington High Street y comenzó a caminar entre el gentío. Tuvo que enjugarse la mejilla; tenía que ser la lluvia. No era posible que estuviera llorando por Cesare.

Aunque él no le hubiera permitido decirle que iba a ser padre, aunque ella hubiera visto a su exnovia en su habitación y, aunque se hubiera quedado completamente sola frente al mundo, con un bebé que criar y nadie que pudiera ayudarla, todo iba a salir bien.

Exhaló un suspiro e irguió los hombros. Había telefoneado a Alain Bouchard para aceptar el trabajo que él le había ofrecido en París. Él le había dado un horario decente y un buen sueldo, y ella necesitaba ambas cosas, puesto que iba a ser madre.

Al pasar por una pastelería, percibió el olor de las empanadas de carne que vendía el establecimiento y recordó las barbacoas que solía hacer su padre, en Texas, cuando ella era niña. Casi podía oír su voz.

«Voy a decirte una cosa, nena: vas a conseguirlo. Eres más fuerte de lo que piensas. Vas a estar muy bien».

Aquello hizo que se sintiera un poco mejor. Miró hacia delante por la calle. Las luces de las tiendas y los faros de los coches resplandecían entre la lluvia.

Casi no recordaba a su madre, que había muerto cuando ella tenía cuatro años, pero su padre siempre había estado a su lado. La había enseñado a pescar, le había contado cuentos, la había ayudado a hacer los deberes... Cuando Emma había enfermado, de adolescente, él había estado con ella todos los días, aunque tuviera que trabajar dos turnos en la fábrica para poder hacer frente a las facturas de su tratamiento médico.

Notó una presión dolorosa en la garganta. Aquella era la clase de padre que necesitaba su bebé. No un hombre como Cesare, que había amado a una mujer y la había perdido de una manera trágica, y que ya no podía amar a nadie más salvo a sí mismo.

Tal vez lo mejor fuera que él no supiera nunca que iba a ser padre. Ella podía imaginarse cómo afectaría a un niño la falta de compromiso y atención de su padre. Así pues, no iba a hacerse más ilusiones románticas. No le daría a Cesare la oportunidad de que le rompiera el corazón a su hijo, como ya había roto el suyo.

Se envolvió bien en la gabardina y apresuró el paso hasta la mansión de Cesare. Era un palacio de ladrillo blanco cuya renovación había costado más de veinte millones de libras. Ella había trabajado allí durante años, esperando a que comenzara su vida de verdad, intentando decidir si verdaderamente se la merecía.

«Chica egoísta...». Emma recordó la voz ronca de su madrastra. «Deberías haber muerto tú en su lugar».

Aquel recuerdo todavía le provocaba una punzada

de dolor. Sin embargo, era Marion la que le había destrozado la vida a su padre, no ella. Aunque, algunas veces, Emma se sentía como si fuera ella la culpable. Tragó saliva. Ojalá su padre siguiera vivo. Él siempre sabía lo que había que hacer...

Atravesó la puerta de la verja. Frunció los labios al acordarse de cómo había conocido a Alain Bouchard hacía seis meses, allí mismo, en el jardín delantero de la mansión. Él había aparecido borracho, exigiendo que Cesare saliera de la casa para pelear con él. Cesare era su antiguo cuñado, y Alain Bouchard lo culpaba de la muerte de su hermana. Por suerte, Cesare estaba de viaje de negocios en Berlín. Emma sabía que su jefe nunca se había recuperado de la trágica muerte de Angélique, que había sucedido diez años antes.

Emma podía haber llamado a la policía. Eso era lo que le habían recomendado los demás miembros de la servidumbre. Sin embargo, al ver la expresión de dolor de Alain, lo había invitado al interior de la casa para darle un té, y había permitido que hablara y hablara.

Al día siguiente, Alain Bouchard le había enviado flores y una elegante nota de disculpa por sus desvaríos de borracho. Esa era la forma correcta de demostrarle agradecimiento y aprecio a alguien, pensó Emma. No enviándole joyas compradas a granel por medio de una sirvienta.

Subió las escaleras hasta la puerta de la casa y marcó el código de seguridad. Entró al vestíbulo vacío y oscuro. La mansión estaba silenciosa como una tumba. Ninguno de los otros empleados vivía allí. Cuando Cesare no estaba, cosa que ocurría a menudo, ella se quedaba sola. Había pasado demasiado tiempo sola en aquel mausoleo.

Y eso iba a terminar.

Subió rápidamente las escaleras hacia su habitación,

mientras iba quitándose la gabardina mojada. Cuando entró al dormitorio, a oscuras, se quitó el vestido de punto que había comprado una vez, siguiendo un impulso, con la vana ilusión de impresionar a Cesare. Se lo sacó por la cabeza y lo tiró al suelo. Para el viaje a París en tren se pondría ropa cómoda: unos pantalones negros y una camisa. Llegaría a París en menos de tres horas...

Junto a su cama se encendió la lámpara de la mesilla de noche y, con un respingo, ella se giró.

Cesare estaba sentado en su butaca antigua, junto a la chimenea de mármol.

A ella se le escapó un jadeo, y se cubrió instintivamente el sujetador y las braguitas de encaje.

–¿Qué demonios estás haciendo aquí?

–Vivo aquí.

Emma lo miró con dureza.

–Ah, así que por fin te has acordado, ¿no?

–Te has marchado antes de que pudiéramos hablar de algo muy importante.

–¿Cómo lo has...

Emma se contuvo antes de terminar la pregunta. No era posible que él supiera lo del bebé, y no tenía intención de decírselo.

Cesare se puso en pie y la miró.

–He decidido que no voy a aceptar tu despido –le dijo, en voz baja–. Quiero que te quedes aquí, conmigo.

Se miraron el uno al otro durante un momento. Fuera se oyó un trueno, y una ráfaga de aire y lluvia que golpeó las ventanas. El agua de su pelo goteaba sonoramente hasta el suelo.

Emma bajó los brazos. Ya no siguió intentando tapar su cuerpo. ¿Para qué iba a hacerlo? Cesare ya lo había visto entero, y no significaba nada para él.

–Este no es mi sitio –replicó–. No voy a quedarme.

–¿Solo porque nos hemos acostado? –preguntó él, mirándola con los ojos entornados–. ¿De veras tienes que ser todo un tópico?

–Tú eres un tópico, no yo.

–Por una tontería de una noche...

–No –dijo ella–. Para mí no fue una tontería, Cesare. Estoy enamorada de ti.

Entonces, él la agarró con furia por los hombros.

–Tú no me quieres. Lo único que pasa es que tuviste tu primera experiencia sexual conmigo, y todavía no has aprendido la diferencia entre el sexo y el amor.

–¿Y tú sí?

Cesare no respondió. No tenía que hacerlo. Todo el mundo conocía su trágica historia. Se había casado muy joven y muy enamorado de su esposa, una bella heredera francesa, y ella había muerto tres años después. El corazón de Cesare se había ido a la sepultura con ella.

Emma lo sabía, pero se había permitido el lujo de hacerse ilusiones...

Se apartó de él y se acercó a su armario. De una de las baldas superiores bajó su vieja maleta, que había sido de su padre. La puso sobre el suelo y comenzó a poner su ropa en ella.

Entonces, él posó una mano sobre la suya.

–Emma. Por favor.

Aquella palabra. Unas palabras que él no le había dicho jamás: «por favor». Emma tragó saliva y lo miró.

–Suéltame. Esto es lo mejor para ti, y para mí también.

–No, no puedo –respondió en voz baja–. En mi vida hay muy poca gente en quien pueda confiar. Muy poca gente que me conozca. Tú eres una de ellas. Por eso sé que no puedes quererme de verdad.

Aquellas palabras tan sombrías le encogieron el corazón a Emma. Cesare tenía razón en una cosa: lo conocía, y sabía que no era el hombre frío y sin emociones que todo el mundo creía.

Lo miró a la cara en aquella penumbra. Él la estaba atravesando, abrasándola con los ojos.

Y su secreto la quemaba por dentro. Estaba embarazada de él. Su silencio, en aquel momento, era la mayor mentira que podía decirle una mujer a un hombre.

–¿Por qué creía que no podía quedarse embarazada, señora Hayes? –le había preguntado el médico–. El cáncer en la infancia, sobre todo el cáncer de ovarios, puede causar dificultades, es cierto. Pero su enfermedad se curó perfectamente. Entiendo que sea una sorpresa para usted, pero confío en que este fuera un hijo deseado, ¿no es así?

–Por supuesto que sí –dijo ella.

Oh, sí. Emma llevaba mucho tiempo creyendo que era estéril. Su madre había padecido la misma enfermedad y no había podido tener más hijos. Había muerto cuando ella tenía cuatro años, a los veintinueve. Solo un poco mayor de lo que Emma era en aquel momento.

–Querida –dijo Cesare, y se rio suavemente–. ¿Cuántas veces hemos bromeado sobre ello? ¿Cuántas veces hemos comentado que yo no me merecía el amor de una mujer?

Emma pestañeó.

–Muchas veces.

–Entonces, debes entenderlo. Lo que tú sientes no es amor. Solo es atracción sexual.

A ella se le llenaron los ojos de lágrimas.

–Eso será para ti.

–Es así para los dos. Todavía no tienes experiencia suficiente como para darte cuenta, pero, algún día, muy pronto, lo sabrás...

Emma se puso rígida. ¿Él ya se la estaba imaginando manteniendo una relación con otro hombre? ¿Cesare podía imaginarse eso sin que se le rompiera el corazón?

Ella no. Había estado a punto de morirse al ver a Olga en su habitación. Y, aunque no se hubiera acostado con la modelo aquel día, ella sabía que había otras mujeres. Muchas otras. Y que siempre las habría.

Apartó la mano. Ya no tenía por qué vivir así. No tenía por qué pasar más noches solitarias mirando al techo, escuchando los ruidos que provenían del otro lado del pasillo mientras él tenía otro vigoroso encuentro con otra mujer a la que olvidaría muy pronto. Ya estaba harta.

Después de tantos años, aquel pensamiento fue como un soplo de aire fresco.

—Yo no quiero amarte más... —susurró ella.

Él intentó sonreír.

—¿Lo ves?

—¿Te das cuenta de que no he tenido unas solas vacaciones en siete meses? ¿De que no he pedido días libres, salvo para el funeral de mi madrastra?

—Pensaba que estabas totalmente dedicada al trabajo, como yo.

—No, no estaba dedicada a mi trabajo. Estaba dedicada a ti. Llevo cuatro años viviendo en Londres y conozco Trafalgar Square solo desde el autobús. Nunca he ido a los museos, ni me he hecho una fotografía delante del Big Ben.

Él la miró con incredulidad.

—Le diré a mi chófer que te lleve a Trafalgar Square y a hacerte fotos a todos los sitios que quieras. Te disminuiré la jornada laboral a treinta horas semanales, si quieres, y te daré dos meses de vacaciones al año —dijo él, intentando esbozar su sonrisa más encantadora—. Olvida la noche que pasamos juntos, y yo me olvidaré de tu encaprichamiento. Siempre y cuando termine ahora, claro.

Ella negó con la cabeza.

–Ya no voy a trabajar más para ti.

–¿No hay nada que pueda hacer para conseguir que cambies de opinión?

–No. Yo no puedo cambiar tu forma de ser, y tú no puedes cambiar la mía –respondió Emma, y apartó la mirada–. Por favor, dile a Arthur que prepare mi último cheque. Lo recogeré de camino a la estación de St. Pancras.

–¿St. Pancras?

–Me voy en tren a París. Tengo otro trabajo.

Él se quedó mirándola fijamente.

–¿Ni siquiera me vas a avisar con quince días de antelación?

–Lo siento.

Se hizo el silencio entre los dos.

–Vaya, parece que he sido un jefe horrible durante todos estos años –comentó Cesare. Su tono de voz sonó raro, y Emma lo miró. Estaba al otro lado de la cama, y su rostro estaba oculto entre las sombras–. No es necesario que vayas a la oficina. Te pagaré ahora mismo.

–No hace falta.

–Claro que sí –respondió él con frialdad–. Aquí tienes.

Entonces, sacó un puñado de billetes de cincuenta libras de su cartera y se los arrojó. Emma se quedó boquiabierta, y observó los billetes mientras caían, revoloteando, sobre la cama.

–Tu paga –dijo él. Después, sacó dinero estadounidense–. Las vacaciones que no quisiste tomar –añadió, y lanzó unos billetes de euro–. Tu paga extra de Navidad, y las horas extra –prosiguió, lanzándole yenes, rublos y dirhams–. El aumento de sueldo que debería haberte dado.

Emma observó todos aquellos billetes hasta que, con el ceño fruncido, Cesare miró el interior de su cartera. Vacía. Parecía que hasta los millonarios tenían un límite de dinero en efectivo. Entonces, él se quitó el reloj de platino de la muñeca y lo dejó sobre la cama, sobre los billetes.

–Aquí tienes –dijo con frialdad–. ¿Te compensará eso por toda la angustia que has sufrido trabajando para mí? ¿Estamos en paz?

Ella tragó saliva. Incluso en aquel momento, en medio de su generosidad, Cesare estaba siendo cruel, utilizando su riqueza como un arma contra ella. Haciendo que se sintiera insignificante.

–Sí –dijo con un hilo de voz–. Estamos en paz.

–Así que, a partir de este momento, ya no eres mi empleada.

Emma caminó hacia la cama con la cabeza alta. «Tómalo», se dijo. Se había ganado aquel dinero, ¡y más aún! El dinero que le había arrojado con tanto desdén no era nada para él; tal vez, lo que habría podido gastarse en una noche de juerga con sus amigos ricos.

Sin embargo, había algo sórdido en el hecho de tener que recoger aquel dinero de encima de la cama. Apartó la mano con un suspiro.

–¿Y ahora qué pasa? –preguntó él.

–No puedo tomarlo así.

–Es tuyo. Te lo has ganado.

–¿Cómo?

–¡Por el amor de Dios, Emma!

–¡No puedo recogerlo de la cama! Como si fuera tu...

–¿Mi qué? ¿Mi prostituta? –Cesare se acercó a ella con los ojos brillantes de ira–. Me estás volviendo loco –dijo–. Si no quieres el dinero, no lo tomes. Si estás tan convencida de que debes irte, márchate. A mí no me importa lo que hagas.

–Eso ya me lo has dejado bien claro.

–Y tú me has dejado bien claro que yo no puedo ganar de ninguna manera. Piensas que soy un egoísta y un desgraciado, me odias, y te odias a ti misma por tu supuesto amor. Estás harta de mí, y estás utilizando la noche que pasamos juntos como excusa para marcharte.

Ella tomó aire bruscamente.

–¿Como excusa? –preguntó unos segundos después.

–Sí. Estás huyendo como una cobarde.

–¿Estás de broma? ¿Que yo estoy huyendo como una cobarde?

Él le acarició la mejilla y, al sentir sus dedos en la piel, Emma tuvo que esforzarse para no posar la cara en su mano.

–No significas nada para mí, Emma –gruñó él–. Ni antes, ni ahora.

–Bien –dijo ella, atragantándose–, porque estoy impaciente por marcharme. Me alegro de no tener que volver a verte...

Entonces, él la tomó por los brazos, con rudeza, y la besó.

Capítulo 3

EL BESO de Cesare fue abrasador, furioso. Emma notó que le aplastaba los labios, y toda su ira y su dolor explotaron bajo aquel contacto de fuego, como si estuviera en el infierno.

Él le rodeó la cintura con un brazo y la estrechó contra sí. Con la otra mano, le acarició la espalda desnuda. Emma, sin poder evitarlo, emitió un gemido. Le ardía la piel allí donde él la acariciaba, y deseó desesperadamente tenerlo más cerca.

Oyó que él respiraba entrecortadamente al tocar sus pechos doloridos a través del encaje del sujetador. Tenía los senos hinchados, estaban empezando a sobresalir de las copas, y comenzaba a notársele el vientre abultado. ¿Se daría cuenta él? ¿Lo supondría? ¿Sería capaz de ver que la había marcado para siempre?

–Durante todo este tiempo, me he odiado por haber perdido el control –dijo Cesare, en voz baja–. Y ahora no entiendo cómo he podido contenerme –añadió, y la miró a los ojos mientras la acariciaba–. No puedo creer que haya esperado tanto tiempo. Desde aquella noche, no ha vuelto a interesarme ninguna mujer...

A ella se le separaron los labios. No. No podía querer decir que...

Con sus cuerpos tan cerca, junto a su cama, ella sintió su fuerza y su calor, inhaló su olor masculino y sintió la electricidad de sus caricias y sus palabras, la sensualidad abrumadora de su completa atención. Y su única defensa, la ira, se desvaneció.

Cesare la besó suavemente las mejillas y las comisuras de los labios, y Emma sintió que la esperanza comenzaba a brotar en su interior. Emma casi no podía creer su asombrosa confesión.

Le había sido fiel...

−¿De veras no has estado con ninguna otra mujer desde aquella noche? −le preguntó en un susurro.

Él negó con la cabeza.

−No. ¿Ha habido alguien para ti?

Aquella pregunta hizo que a ella se le escapara una carcajada.

−¿Cómo iba a haberlo?

−¿Eso significa que no?

−¡Por supuesto que no!

−Bien.

Aquella repentina petulancia masculina irritó a Emma.

−Tú también has admitido algo −dijo con aspereza.

−¿Qué?

−Que no me sedujiste solo porque estuviera llorando. No solo estabas intentando consolarme.

Él se quedó mirándola y respondió:

−No.

Ella se entusiasmó al oír aquella respuesta. Se deleitó con ella.

−Tú también me deseabas.

−Sí.

−¿Durante cuánto tiempo?

−Desde hacía años −respondió él, de mala gana.

−¿Y por qué no me lo dijiste?

−Porque me daba miedo que hicieras, exactamente, lo que has hecho hoy. Que te empeñaras en que me quieres, y que yo tuviera que despedirte.

−Yo estoy enamorada de ti.

Él soltó un resoplido.

–Si realmente me quisieras, ¿no estarías rogándome que me quedara?

–Claro, porque rogar funciona muy bien contigo...

Lentamente, Cesare bajó la cabeza hasta que estuvo a centímetros de sus labios.

–Es solo lujuria, querida –le susurró–. No amor...

Entonces, la besó, aferrándose a ella como si fuera su tabla de salvación, lentamente, y comenzó a descender por su cuello mientras le acariciaba el pecho. Ella jadeó de placer y de necesidad. Finalmente, perdieron el equilibrio y cayeron sobre la cama; sus cuerpos se entrelazaron.

Ella tuvo la sensación de que la cama era de plumas, pero, de repente, sintió algo frío bajo el muslo. Palpó la colcha y sacó una esfera de platino.

–Tu reloj –murmuró.

–Olvídate de eso.

Él se lo quitó de la mano y lo arrojó al otro lado del dormitorio. Sin embargo, ella se dio cuenta de que las plumas no eran otra cosa que los billetes que Cesare había dejado caer sobre la cama.

–Todo sigue en la cama...

–No me importa –respondió él, y la besó hasta que ella se olvidó del dinero.

Entonces, se quitó la camisa con un movimiento brusco, y a Emma se le formó un nudo en la garganta al ver el torso musculoso y bronceado de aquel hombre a quien había deseado y querido durante tanto tiempo. Le acarició el estómago mientras él la despojaba del sujetador e iba bajándole, suavemente, las bragas por las piernas. Pronto, Emma estuvo desnuda bajo él, sobre una cama de dinero, y pensó que no debería estar haciendo aquello.

Pero pronto dejó de pensar, porque Cesare comenzó a besarle el cuerpo, y a lamer y succionar sus pezones. Le acarició el vientre y le separó las piernas con una rodilla; descendió lentamente y le acarició los muslos con la nariz. Ella notó su respiración caliente.

Y jadeó cuando Cesare, sujetándole las caderas con firmeza contra el colchón, abrió su cuerpo y la saboreó.

Emma se retorció y se movió debajo de él. El placer fue demasiado agudo, demasiado explosivo. Bajo la implacable insistencia de su lengua, ella tembló y se agitó, jadeando. Cada vez que se movía, el dinero saltaba por los aires, dólares, pesos y libras, que volaban a su alrededor como la nieve.

–Lujuria –dijo Cesare en voz baja.

Ella negó con la cabeza.

–Amor...

Con un gruñido, él volvió a bajar la cabeza, y ella volvió a sentir su lengua en el cuerpo. Él la acarició con delicados giros hasta que ella no pudo respirar y tuvo que agarrarse a la colcha con los puños, entre los euros y los yenes.

–Lujuria –susurró él, contra su piel.

–No...

Él introdujo la lengua en su cuerpo y recorrió sus pechos, su cintura y sus caderas con las manos de una manera posesiva. Después pasó las manos por debajo de sus nalgas y le alzó el cuerpo, de modo que pudo atravesarla más profundamente con la lengua. Entonces, comenzó a succionar, y ella gritó al llegar al orgasmo.

Segundos después, Cesare se tendió a su lado y la tomó entre sus brazos. Emma lo miró con los ojos llenos de lágrimas. Lo que acababa de ocurrir no podía ser solo lujuria. No lo era...

–Amor –susurró contra sus labios.

Y, de repente, se colocó sobre Cesare, y él la miró

con sorpresa. Ella sonrió de alegría. Si él no le permitía hablarle de amor...

Ella se lo demostraría.

Cesare miró a la mujer que acababa de hacerlo rodar por la cama para tenderse sobre él. Sintió que las manos de Emma le acariciaban el pecho mientras ella se sentaba a horcajadas en sus caderas.

Era tan increíblemente bella... Se quedó embobado observando su piel blanca y rosada y el brillo esmeralda de sus ojos. Ella lo estaba mirando con fiereza, como una guerrera, y el poder emanaba de su cuerpo curvilíneo como si fueran haces de luz. Un poder que él nunca había visto en ella.

—Emma, ¿qué te ha pasado?

—¿Es que todavía no lo entiendes? —preguntó ella—. Tú eres lo que me ha pasado.

Emma lo besó, y él sintió que ella había cambiado en algo, en algo que él no entendía. Parecía una persona diferente, nueva. Sus caricias creaban chispas que le recorrían el cuerpo, creaban un fuego que le abrasaba la sangre y los huesos.

La había deseado durante años, pero nunca de aquel modo. Su cuerpo temblaba de deseo. Ella nunca, nunca había dado el primer paso antes...

No podía creer que alguna vez hubiera pensado que Emma no sentía nada. Así era ella en realidad: una seductora diosa del sexo, inocente y atrevida, gloriosa y llena de poder...

Mientras Emma lo besaba, su pelo largo y oscuro le acariciaba el cuerpo, y sus senos abundantes se le aplastaban contra el pecho. Con un gemido, él los tomó con ambas manos e interrumpió el beso para succionar uno de sus pezones rosados y endurecidos. Lo lamió y lo tomó en la boca; ella gimió y apretó sus caderas con las piernas. Cesare notó el centro de su feminidad, suave y húmedo, contra el miembro viril, cuando ella se meció sobre su cuerpo, torturándolo de una forma inocente e irresistible.

Con un jadeo entrecortado, se giró para tomar su cartera de la chaqueta, que estaba colgada en el respaldo de una silla, y sacar un preservativo del bolsillo, pero ella lo detuvo.

–No es necesario –dijo ella, y vaciló. Después, añadió lentamente–: En esta ocasión, porque estoy...

–¿Sigues tomando la píldora? –preguntó él, y exhaló un suspiro de alivio–. Gracias a Dios.

Ella se puso tensa, y Cesare se preguntó si habría dicho algo inadecuado, aunque no entendía qué podía ser. Las mujeres podían llegar a ser muy sensibles, aunque Emma era la persona más racional que conocía. Pasó suavemente la mano por su pecho, que estaba más lleno aún de lo que él recordaba, y la miró con los párpados entrecerrados.

–Me encanta que siempre esté preparada, señorita Hayes.

Ella se inclinó hacia delante.

–Emma.

–Emma –gruñó él, mientras ella pasaba las yemas de los dedos por su pecho–. Oh, Dios, Emma...

Cesare se incorporó y la besó, y ya no pudo esperar más. La estrechó contra sí y embistió hacia arriba con las caderas para entrar en ella. Oyó que Emma jadeaba mientras él llenaba su cuerpo cálido y húmedo.

Dios Santo, nunca había sentido nada como aquello. Acometió con fuerza una y otra vez, y sintió que su cuerpo comenzaba a tensarse. No, no. Era demasiado pronto. La intensidad de su placer era demasiado grande. Pero estar dentro de ella, piel con piel...

La agarró por los hombros.

–No sé cuánto tiempo más voy a poder aguantar –dijo, con la voz ronca–. Da... Dame un minuto para...

Sin embargo, parecía que los días de obediencia de Emma habían terminado. Siguió deslizándose contra él, y él alzó la vista para protestar. Al ver que ella tenía los ojos cerrados, y que su precioso rostro tenía una expresión de éxtasis, se quedó callado.

¡No! Él también cerró los ojos. No podía verla así, cuando, en cualquier momento, iba a... Sin embargo, incluso con los ojos cerrados, podía ver su rostro brillante, sus pechos balanceándose suavemente sobre él... Estaba a punto de explotar...

–Eres tan maravilloso... –susurró ella–. Sentirte es tan... maravilloso...

–Oh, Dios santo... ¡Para!

Ella se agarró a sus hombros y se inclinó hacia delante, y él notó el roce de sus labios en la oreja.

–Amor –le susurró Emma, al oído.

Aquello era lo único que podía enfriar su cuerpo.

–Lujuria –respondió Cesare con un gruñido.

Entonces, hizo rodar sus cuerpos y se tendió sobre ella en el colchón, y le acarició y le besó hasta el último centímetro de la piel. La besó profundamente en la boca y se meció contra ella, controlando el ritmo y la velocidad hasta que, finalmente, ella jadeó de placer y cerró los ojos con un grito.

Cesare no pudo contenerse más. Se dejó llevar mientras embestía su cuerpo profundamente, con dureza, y explotó. Subió al cielo, tan alto, que solo pudo ver estrellas.

Solo pudo verla a ella.

Después, con una exhalación, se desplomó sobre Emma.

Cesare tardó unos largos instantes en volver a la habitación. Lentamente, percibió el tictac del reloj de la mesilla. Pestañeó en la penumbra y vio la luz de la luna, que entraba por la ventana. Sintió la mejilla de Emma en el pecho. Sobre el corazón.

La miró, y Emma sonrió con una expresión somnolienta mientras observaba la cama.

–Vaya desastre que hemos hecho.

Él miró hacia abajo, y vio que el edredón y las sábanas estaban arrugados a sus pies, y que había dinero por todas partes.

Cesare siempre se había enorgullecido de su disciplina. Había intentado ser sensato con respecto a Emma, conseguir que ambos olvidaran la noche que habían pasado juntos y recuperaran la relación laboral entre jefe y empleada.

Había fracasado por completo.

Y se alegraba.

De ese modo, los dos podían tener lo que querían.

Emma bostezó y cerró los ojos. Cesare la besó suavemente en la sien. También a él se le cerraban los párpados, y se quedó dormido con una sonrisa en los labios, con un sentimiento de calidez en el pecho.

Cuando despertó, las sombras de la habitación habían cambiado, y la luz suave y grisácea del amanecer entraba por la ventana. Emma se estaba moviendo entre sus brazos. Entonces, se dio cuenta de que ella lo estaba mirando fijamente con sus ojos enormes y claros.

–Buenos días –dijo ella, con timidez.

Cesare le acarició la mejilla con una sonrisa.

–Buenos días.

Ella se mordió el labio.

–Eh... Si quieres irte a dormir a tu habitación, lo entiendo...

Él puso un dedo sobre sus labios y la acalló.

–No, no quiero.

Entonces, ella esbozó una sonrisa resplandeciente.

–¿No?

Cesare no la culpaba por haberse sorprendido. Él también estaba extrañado. Normalmente, por las mañanas siempre estaba impaciente por huir de la cama de sus amantes. De hecho, siempre se marchaba mucho antes del amanecer.

Sin embargo, se sentía cómodo con Emma. No tenía que fingir con ella, ni ser amable. Podía ser él mismo, sin tener que ocultar sus defectos. ¿Cómo iba a ocultarlos, si ella los conocía todos?

–Tengo hambre –dijo Emma, y se incorporó–. No puedo dejar de pensar en unos huevos revueltos con beicon y un zumo de naranja...

Cesare le besó el hombro. Él no estaba pensando en la comida.

–Si quieres, podemos bajar a la cocina –dijo mientras pasaba las yemas de los dedos por su pecho–. O, también, podríamos tomar un pequeño desayuno en la cama, primero...

–Sí –susurró ella, alzando la cara hacia la de él para besarlo, mientras Cesare le apartaba el pelo hacia atrás.

–Me alegro mucho de que hayas recuperado el sentido común –murmuró él, mientras la besaba.

Ella se retiró con el ceño fruncido.

–¿En qué sentido?

Él sonrió.

–Vas a ser un equipaje muy agradable.

–Ah, ¿de veras? Entonces, ¿ahora soy un equipaje?

–He llegado a la conclusión de que tenías razón.

De repente, a ella le brillaron los ojos.

–¿De verdad?

–Me alegro de que hayas dejado el trabajo. Yo tengo que estar en Asia mañana, y el viernes, en Berlín.

Entonces, Emma arqueó una de sus cejas oscuras y dijo:

—Y yo tengo que empezar con ese trabajo en París.

—¿Estás pensando en tu trabajo? —le preguntó él con un resoplido—. Yo quiero que vengas conmigo.

—¿Y que sacrifique mi trabajo? ¿A cambio de qué? ¿De acostarme contigo?

—¿Es que se te ocurre algo mejor?

—Me gusta mi trabajo —dijo ella con cierta tensión—. Se me da bien.

—Por supuesto que se te da bien. Eres la mejor. Pero yo cubriré tus gastos mientras estés conmigo. Podemos pasarlo bien juntos, y disfrutar durante el tiempo que dure.

—¿Estás bromeando? —le preguntó ella, casi con enfado.

Cesare había pensado que ella iba a ponerse eufórica con su ofrecimiento, pero no parecía que Emma sintiera, precisamente, alegría.

—¿Es que no entiendes lo que te estoy ofreciendo, Emma?

—Debe de ser que no —respondió ella—. Porque me parece que me estás pidiendo que lo deje todo por ti, cuando lo único que quieres es sexo.

—Sexo contigo —replicó él, como si fuera algo evidente—. Y amistad. Será muy... divertido.

—¿Divertido?

—Sí, divertido. ¿Qué tiene de malo?

—Nada, nada. Vaya. Es casi la respuesta a todos mis sueños de la niñez. Diversión.

Él estaba empezando a irritarse.

—Podrás dejar de limpiar. No tendrás que aguantar más a un jefe idiota durante las veinticuatro horas del día. Viajarás conmigo, y verás el mundo...

Emma se apartó de él por completo y lo miró fijamente.

—¿Cuánto tiempo?

–¿Y cómo voy a saberlo yo? –preguntó él. Se apoyó en el cabecero de la cama y se cruzó de brazos–. Hasta que dejemos de disfrutar.

–Y tú me pagarás, amablemente, a cambio de mi tiempo.

Él apretó la mandíbula.

–Lo estás retorciendo todo, Emma. Parece que quiero insultarte. ¿Por qué no estás contenta? ¡Deberías estarlo! ¡Yo nunca le había ofrecido tanto a una mujer!

Entonces, ella lo atravesó con la mirada.

–Los dos sabemos que eso no es cierto.

Él sintió un escalofrío.

–Estás hablando de mi mujer.

Ella no respondió. No era necesario que lo hiciera.

–Dios santo –murmuró Cesare, y se echó el pelo hacia atrás–. Solo hemos estado juntos dos noches, acabo de pedirte que seas mi amante, ¿y tú ya me estás presionando para que me case contigo?

–¡Yo no he dicho eso!

–No tienes que hacerlo –replicó él.

Cesare lo veía en su cara; Emma tenía la misma expresión de esperanza contenida que sus otras amantes. Deseaba atraparlo contra su voluntad y retenerlo en un lugar en el que él no quería estar.

–Te casaste una vez. Debías de tener algún motivo para hacerlo.

Cesare sintió ira al recordar la voz llena de odio de Alain Bouchard: «Te casaste con mi hermana por su dinero y convertiste su vida en un infierno. ¿Acaso te extraña que se tomara todas esas pastillas? Es como si tú mismo se las hubieras hecho tragar».

Cesare estuvo a punto de contestar brutalmente a Emma, pero se contuvo y se concentró en su rostro encantador, lleno de melancolía. No era culpa suya. Reprimió una retahíla de palabras furiosas y dañinas.

–Una vez me casé por amor –dijo–, pero nunca volveré a hacerlo.

–Porque todavía estás enamorado de ella –susurró Emma–. De tu mujer.

Cesare entendió lo que pensaba Emma: que él había amado tanto a Angélique que, después de una década, no había sido capaz de superar su pérdida. No trató de sacarla de su error, y lo dejó pasar, como siempre. Aquella bonita mentira era mucho mejor que la verdad.

–Creía que me había explicado bien, Emma, pero parece que no. Así que, escúchame: nunca voy a quererte. Nunca voy a casarme contigo. Nunca voy a tener hijos contigo.

Mis sentimientos al respecto no van a cambiar. Pensaba que lo entendías, y que sentías lo mismo por mí –dijo, e intentó tomarla de la mano–. Lujuria.

Ella agitó la cabeza con una expresión de angustia, y él entrecerró los ojos.

–Tienes que aceptar eso –insistió él–, para que podamos tener un futuro.

A ella se le escapó una carcajada llena de amargura.

–¿Un futuro? Sin amor, sin matrimonio, sin hijos... ¿Qué clase de futuro es esa?

–Es un futuro real. No habrá falsas promesas, ni mentiras. Viviremos el momento y disfrutaremos de nuestra compañía durante el tiempo que dure nuestro placer.

–Y después, ¿qué?

–Nos separaremos como amigos –dijo él, mirándola fijamente–. No quiero perder tu amistad.

–¿Mi amistad? –preguntó ella, frunciendo el labio–. ¿O mis servicios?

–¡Emma!

–Quieres dejar de pagarme por mi trabajo de ama de llaves y contratarme como prostituta. Lo entiendo, lo entiendo –añadió ella, alzando una mano–. Lo siento;

ya sé que esto debe de ser embarazoso para ti, porque, normalmente, yo soy la que se encarga de gestionar la situación a la mañana siguiente –dijo, y miró a su alrededor; había una explosión de billetes por todas partes, y su reloj de platino estaba en el suelo–. Incluso me has dado un reloj, como a las demás.

Su reloj era mucho más caro que los de Cartier, pero Cesare se dio cuenta de que eso no iba a impresionarla mucho.

–Emma, no seas idiota...

–Soy como las demás –repitió ella, y se levantó de la cama–. Voy a recoger mis cosas, y ya me compraré yo misma un ramo de rosas de camino a la estación, no te preocupes.

Sin embargo, cuando iba a alejarse de la cama, él la agarró por la muñeca.

–No hagas esto –dijo, en voz baja.

–¿El qué?

–Esto –dijo él, mirándola con los ojos brillantes–. Quiero tenerte en mi cama, por ahora. Durante el tiempo que sea divertido para los dos. ¿Por qué no puede ser suficiente eso? ¿Por qué no puedes aceptar lo que te estoy ofreciendo?

–Quiero más, Cesare. Lo quiero todo. Quiero amor, y quiero el matrimonio –dijo, y tragó saliva, antes de añadir–: Y quiero un hijo. Un hijo nuestro.

–Emma...

–No necesito una proposición de matrimonio, ni que me digas que estás listo para ser padre –continuó ella–. Solo necesito saber que, algún día, tal vez quieras esas cosas. Que estás abierto a la posibilidad, si alguna vez...

–No –respondió Cesare. Se levantó de la cama y se puso la mano en la nuca, y respiró profundamente como si estuviera intentando calmarse–. O es una diversión, una amistad con ciertos beneficios, o nada. Tú decides.

Ella se quedó pálida y lo miró fijamente. Después, recogió su ropa interior del suelo y se la puso. Se acercó al armario y sacó una brazada de ropa, que arrojó a la maleta.

–¡No sé en qué estaba pensando para creer en los milagros! –exclamó.

Cesare se acercó a ella, desnudo. Sin su calor, estaba empezando a sentir el frío de aquella mañana de otoño. Oyó el ruido del tráfico. Pronto llegarían los demás empleados de la casa, y él quería resolver aquel asunto con Emma antes de que pudieran interrumpirlos. Se sentía como si ella se le estuviera escapando de entre las manos, y no entendía por qué. Tomó aire y volvió a intentarlo.

–¿Por qué estás renunciando a todo esto? ¿Por un futuro incierto? Piensa en el presente.

Ella ni siquiera se volvió hacia él.

–Vas a marcharte, ¿no? –dijo él–. Vas a perderte todo lo que te ofrezco por el sueño del amor, del matrimonio y los hijos. Por una ilusión. No puedo creer que seas tan...

Emma lo miró con una expresión de dolor, como si le hubiera destrozado el corazón.

–¿Tonta? –preguntó.

Él asintió.

Ella cabeceó, y tuvo que enjugarse las lágrimas.

–Tienes razón. He sido una idiota por creer que podías cambiar.

Entonces, recogió los billetes y el reloj de platino, y lo puso todo en la maleta, antes de cerrarla de golpe. Miró hacia abajo.

–Gracias por tu ofrecimiento –dijo, con un hilo de voz–. Seguro que otra mujer lo aceptará, pero yo voy a tener un hijo, y un hogar. Y un hombre que nos quiera a los dos.

Aquellas palabras, que Emma había pronunciado con firmeza, fueron un golpe para él. Le había ofrecido a Emma más de lo que nunca le había ofrecido a otra mujer durante los últimos diez años, y aquel era el premio por haberse permitido ser vulnerable. Aunque estaba frente a ella en cuerpo y alma, Emma lo estaba rechazando por un ridículo sueño de amor y familia.

Cesare sintió algo que llevaba muchos años sin sentir: dolor.

Dio un paso atrás.

—Está bien —dijo—. Márchate.

Ella se puso unos pantalones vaqueros y una camisa, recogió algunos billetes más del suelo y se los metió al bolsillo. Después, alzó la barbilla.

—No te preocupes, no voy a volver a molestarte. Te dejo para que puedas tener la vida que quieres. Te lo prometo —dijo, y le tendió la mano como si fueran extraños—. Adiós, Cesare.

Él frunció los labios, pero le estrechó la mano.

—Adiós, señorita Hayes. Espero que encuentre lo que está buscando.

Ella se dio la vuelta, con los ojos llenos de lágrimas, sin decir una palabra. Tomó la maleta, su abrigo y su bolso, y salió de la habitación. Cesare la oyó bajar las escaleras y abrir y cerrar la puerta.

Se había ido de verdad, y él no podía creerlo.

Se acercó a la ventana y miró hacia la calle. La vio caminando por Kensington High Street bajo la lluvia. Vio su figura pequeña y triste, tirando de una maleta vieja, con un abrigo beis, y notó una punzada de dolor en el pecho.

«Es lo mejor», se dijo. Era mejor que ella se fuera, antes de que el pequeño agujero que tenía en el corazón se hiciera más grande. Emma se fue alejando poco a poco, hasta que él la perdió de vista.

–Vete –dijo en voz alta, en el silencio de la habitación–. No significas nada para mí.

Sin embargo, tenía los puños apretados a ambos lados del cuerpo. «Volverá», pensó de repente. Ninguna mujer había sido capaz de resistirse a él durante mucho tiempo. Y las relaciones sexuales habían sido demasiado buenas entre ellos. Emma no iba a poder mantenerse apartada de él.

Volvería pronto, rogándole que negociaran las condiciones de su rendición. Cesare exhaló un suspiro y notó que sus hombros se relajaban. Sonrió. Ella volvería, y él lo sabía.

Dentro de una semana, si no volvía aquel mismo día.

Capítulo 4

Diez meses más tarde

Cesare miró por la ventanilla de su Rolls-Royce, entre el tráfico de la calle Quai Branly, después de dejar atrás el Puente del Alma. El sol de septiembre hacía brillar el Sena como si fuera de diamantes.

París no era la ciudad favorita de Cesare, porque, pese a su belleza, también era una ciudad distante y orgullosa. Como una estrella fría. Como su difunta esposa, Angélique, que había nacido allí, y que había comenzado una relación extramarital allí, al año de haberse casado con él.

Sí, ese era el principal motivo por el que no le agradaba París, y por el que había evitado aquella ciudad desde la muerte de su esposa, diez años antes. Sin embargo, en aquel momento estaba montando un hotel Falconeri allí por petición de sus accionistas.

Pero París había cambiado desde su última visita. La ciudad le estaba produciendo una sensación... distinta.

Alzó la vista y admiró la arquitectura clásica de los edificios color crema. El sol brillaba en el cielo e iluminaba los colores rojizos de las hojas de los árboles. La ciudad tenía una calidez y un encanto que él nunca había percibido.

«Es porque hemos cerrado con éxito el trato», se dijo. Después de meses de intensa negociación, habían cerrado la compra de un antiguo hotel familiar en la Avenue Montaigne, que se convertiría en el primer Hotel Falconeri de Francia después de una remodelación.

«Estoy entusiasmado con este proyecto», se dijo.

Sin embargo, se movió con incomodidad en el asiento del coche. Ni siquiera él mismo se lo creía.

Cerró los ojos y notó el sol en la piel. Y, en contra de su voluntad, pensó en ella. Al instante, su cuerpo sintió un calor que no tenía nada que ver con el sol.

Emma vivía en París.

«No lo sabes con seguridad», se dijo.

Hacía casi un año que ella lo había abandonado en Londres, aquella horrible mañana de noviembre. Que él supiera, había empezado un trabajo nuevo en una ciudad nueva. O, tal vez, hubiera cambiado de opinión y no hubiera aceptado el puesto en París. Tal vez hubiera conocido a otro hombre, a un hombre que pudiera quererla, y se hubiera casado con él, y tuviera un hijo con él, tal y como ella quería...

Cesare apretó los puños sin darse cuenta.

Durante aquellos diez meses, se había propuesto no saber nada de Emma. Había intentado convencerse de que no le importaba dónde estaba, ni con quién. Al principio estaba seguro de que ella iba a volver, pero, con el paso del tiempo, había tenido que aceptar que Emma no iba a hacerlo. Cesare sabía que ella lo deseaba como él la deseaba a ella; por eso, se había quedado muy sorprendido al descubrir que Emma deseaba mucho más cumplir sus sueños.

Se había sentido furioso y herido, pero aquello solo había servido para que la respetara aún más. Ella era la que se había marchado, la mujer a la que él no había podido conseguir. Sin embargo, Emma había tomado la decisión correcta, porque ellos dos querían cosas diferentes en la vida. Ella quería el amor, un hogar, un marido y una familia.

Él quería...

¿Qué era lo que quería?

Tamborileó con los dedos en el asiento mientras observaba el río resplandeciente. Supuso que quería más. Más dinero. Más hoteles. Más éxito para su empresa. Más, más, más de lo mismo.

Su chófer se detuvo en un semáforo en rojo y, con resentimiento, Cesare miró a los turistas sonrientes que cruzaban la calle. Acababan de bajar de uno de los célebres *bateaux* del Sena y se dirigían a la cercana Torre Eiffel. Todavía veía a Emma en sueños por la noche. Todavía sentía su respiración contra la piel, y oía su voz. Incluso en aquel momento, a plena luz del día, su imaginación febril podía...

Cesare abrió mucho los ojos al ver a una mujer cruzando el paso de peatones. Pasó rápidamente, antes de que él pudiera verle la cara. Sin embargo, él reconoció aquella melena larga, oscura y brillante, y la forma en que movía las caderas. No. No podía ser ella. Aquella mujer iba empujando un carrito de bebé. Solo podían ser imaginaciones suyas; en París había más de dos millones de personas. No era posible que...

Cesare se agarró al respaldo del asiento delantero.

—Pare —dijo.

El chófer frunció el ceño y lo miró por el espejo retrovisor.

—¿*Monsieur*? —preguntó con desconcierto.

Cuando el semáforo se puso en verde, siguió conduciendo.

Cesare vio que la mujer se alejaba. No podía ser Emma por un millón de razones; la más evidente, el cochecito de bebé.

A menos que ella hubiera dicho en serio que quería tener un hijo y un hombre que los quisiera a los dos, y lo hubiera hecho a toda prisa.

Siguió mirando a la mujer, y ella continuó caminando hacia el Campo de Marte. Desapareciendo... de nuevo...

Cesare se volvió hacia el chófer.

—¡Demonios! —explotó—. ¡He dicho que pare!

El conductor se sobresaltó e, inmediatamente, viró hacia la acera entre el resto de los coches. Antes de que el Rolls-Royce se hubiera detenido por completo, Cesare bajó del vehículo y echó a correr, mientras los peatones lo miraban como si fuera un loco peligroso.

Se sentía como un loco. Miró a ambos lados de la calzada antes de cruzar, pero un autobús le pitó con insistencia.

¿Dónde estaba la mujer morena? ¿La había perdido? ¿Era Emma? Miró a su alrededor frenéticamente y se apartó el pelo de la cara.

Siguió corriendo por la Avenue de la Bourdonnais y se dirigió hacia el Campo de Marte sin dejar de buscarla con la mirada. Oyó el suave viento entre los árboles, y el crujido de la gravilla bajo sus pies. También oyó las risas de los niños y la música del parque. A cierta distancia, vio un pequeño puesto de comida y, un poco más allá, un tiovivo.

¿Qué demonios estaba haciendo allí?

Volvió a pasarse la mano por el pelo. Ya era suficiente. Con el ceño fruncido, caminó hasta el puesto y pidió un café. Después, tomó el vaso y comenzó a caminar mientras bebía, algo que ningún parisino haría. Apuró el vaso de plástico, quemándose la lengua con el líquido caliente, y lo tiró a la papelera. Se sacó el teléfono móvil del bolsillo y marcó el número de su chófer.

—Olivier, puede venir a recogerme a...

Oyó el jadeo de una mujer.

—¿Cesare?

Se quedó paralizado.

Era la dulce voz de Emma.

–¿Señor? –preguntó el conductor al otro lado de la línea.

Cesare se despidió balbuceando y se guardó el teléfono en el bolsillo. Aunque estaba delante de ella, seguía diciéndose que no era posible.

–Emma... –susurró.

Ella estaba frente a un banco, con el cochecito de bebé a su lado. Tenía los ojos muy abiertos. Llevaba una blusa rosa y unos pantalones marrones, y su pelo oscuro tenía un halo de brillo dorado. El resto del parque desapareció de la vista de Cesare. Solo existía ella, resplandeciente como una estrella, calentando su alma helada como si fuera el sol.

–Eres tú –musitó Emma, y pestañeó como si no pudiera creer lo que veía–. ¿Qué estás haciendo aquí?

–He venido a París... –respondió él, con la voz ronca, y tuvo que carraspear antes de seguir–: Por negocios.

–Pero si tú odias esta ciudad. Lo has dicho muchas veces.

–He comprado un antiguo hotel en la Avenue Montaigne esta misma mañana.

Sin darse cuenta, Cesare caminó hasta ella. Se embebió de su imagen con avidez. Ella tenía las mejillas más redondas y la piel pálida y rosada. Llevaba el pelo suelto por los hombros. Había engordado un poco, y le sentaba bien. Aquella redondez femenina la hacía incluso más bella que antes, cosa que él no hubiera creído posible.

–Qué sorpresa... verte –murmuró Emma.

–Sí –dijo él.

Entonces, miró al bebé moreno que estaba durmiendo en el cochecito. ¿Quién era? ¿Sería el hijo de sus jefes, o era suyo? Rápidamente, Cesare miró la mano de Emma; ella no llevaba alianza.

Así pues, el bebé no podía ser suyo. Ella le había especificado lo que quería: Un marido, un hogar, un hijo. Y no se habría conformado con menos después de haberlo dejado a él para conseguir aquellos sueños.

Emma se sonrojó.

–¿No has venido a buscarme?

Por orgullo, él quiso decir que se había encontrado con ella por pura coincidencia en aquel parque, pero no pudo hacerlo.

–He venido a París para cerrar el trato –respondió–, pero cuando ya iba a salir de la ciudad, te vi cruzando la calle, y no podía marcharme sin saber si realmente eras tú.

Permanecieron uno frente al otro, a pocos centímetros de distancia, pero sin tocarse. Él oyó el canto de los pájaros y el ruido del tráfico, y la música del tiovivo.

–Estaba completamente seguro de que volverías a mi lado –dijo, en voz baja–. Pero no lo hiciste.

Ella le clavó los ojos verdes.

–Yo... no podía.

–Lo sé –respondió él y, antes de darse cuenta, le acarició la mejilla.

Su piel era tan suave como recordaba. Sintió que ella se estremecía, y su cuerpo se encendió súbitamente. Quiso abrazarla y estrecharla contra sí, besarla con fuerza y no volver a soltarla nunca más.

Unos momentos antes, la había admirado por haber sido capaz de sacrificar todo el placer que habrían podido conseguir juntos con tal de hacer realidad sus sueños. Sin embargo, en aquel momento, Cesare olvidó todos aquellos argumentos lógicos y la miró a los ojos.

–¿Nunca te has preguntado qué podríamos haber tenido juntos?

A ella se le ensombreció la expresión.

–Por supuesto que sí.

Cesare apenas oía ya los ruidos, el suave gorjeo del bebé, la charla de la gente que los rodeaba y los diferentes lenguajes de los turistas.

La había echado de menos.

No solo por su capacidad como ama de llaves de su casa. Ni siquiera por su cuerpo sensual.

Emma Hayes era la única mujer en la que había confiado. La única que le había importado desde su matrimonio.

En aquel momento, en aquel parque del centro de París, habría dado un millón de euros con tal de verla sonreír. Por oír su voz tomándole el pelo suavemente, poniéndole en su lugar con cortesía, pero también con firmeza. Tenían su propio lenguaje privado y, de repente, Cesare se dio cuenta de que aquello era muy poco corriente. Era algo especial y escaso.

Ya nadie le llamaba la atención sobre su arrogancia, ni era capaz de desafiarlo con un simple hoyuelo en la mejilla, formado por una sonrisa. Nadie le tenía de puntillas, esperando, con la respiración entrecortada por el anhelo.

Había encontrado a otra ama de llaves para que mantuviera en orden su casa, y tal vez algún día encontrara otra mujer para llenara su cama, pero ¿quién iba a llenar el vacío que había dejado Emma en su vida?

Había sido algo más que una empleada. Había sido algo más que su amante. Había sido su amiga.

Entonces, él posó la mano en su hombro, y notó el calor de su cuerpo a través de la tela de su camisa.

–Vuelve conmigo a Londres –le dijo él, de repente.

Ella pestañeó. Después, mirando a su bebé, se humedeció los labios, y le preguntó con la voz ronca:

–¿Por qué?

Cesare titubeó. Si había aprendido algo en la vida, era que un hombre no debía mostrar sus debilidades, ni siquiera delante de una mujer. Especialmente, no delante de una mujer.

–El ama de llaves a la que contraté no es de mi total agrado.

–Ah –dijo ella, y bajó la cabeza–. Lo siento, ahora tengo otro trabajo. Mi jefe ha sido muy bueno conmigo. No quiero dejarlo.

«No quiero dejarlo». A Cesare no le gustaron aquellas palabras, y tuvo un arrebato de celos hacia aquel jefe desconocido. Miró al bebé. ¿Quién era?

Entonces, se limitó a decir:

–Te pagaré el doble de lo que te paguen ahora.

Emma lo miró con dureza.

–Ya hemos tenido esta conversación. No voy a trabajar para ti. No es una cuestión de dinero. Queremos cosas distintas, y eso no va a cambiar. Tú mismo me lo dejaste bien claro en Londres.

El bebé gimoteó en su cochecito, y ella se acercó. Sacó un sonajero de una bolsa grande y se lo entregó al niño que, al instante, se puso contento. Emma miró al bebé regordete y moreno; después, se giró hacia él.

–No vuelvas a buscarme nunca más, porque las cosas no van a cambiar. Y lo único que vas a conseguir es que seamos infelices.

¿Quién era aquel niño? Esa era la pregunta que resonaba en la cabeza de Cesare. ¿Era hijo de su jefe, o era hijo de Emma? Él sabía que no podía preguntarlo porque, si lo hacía, demostraría que le importaba.

Ella siguió mirándolo un instante. Después, le dio la espalda.

–No quiero que seas mi ama de llaves –dijo Cesare, en voz baja–. La verdad es que... te echo de menos.

Entonces, ella se volvió hacia él y jadeó. Tenía una expresión de angustia. Miró al bebé, que se había puesto a succionar el sonajero como un loco, y dijo:

–Ahora tengo otras responsabilidades.

Cesare siguió su mirada. Sin saber por qué, el bebé le resultaba familiar...

–Necesito estar con un hombre en quien pueda confiar. Un compañero que pueda ser un padre para mi hijo.

Cesare se quedó boquiabierto al oír la confirmación de sus sospechas.

–¿Tu hijo?

Emma asintió. Tenía la mirada oscurecida, y el semblante lleno de preocupación y temor.

Él entendía por qué.

–Vaya, así que has hecho realidad tus grandiosos sueños –le espetó–. Me dejaste con tal de conseguir casarte rápidamente –añadió con amargura, mientras señalaba su mano–. ¿Dónde está tu anillo?

–El padre de mi bebé no quiere casarse conmigo –dijo, en voz baja.

–Entonces, ¿te acostaste con un playboy? ¿Con alguien que ni siquiera te ha ofrecido lo mismo que yo? –preguntó Cesare, en pleno ataque de celos. Una vez más, la mujer a la que deseaba, la que había elegido, se había entregado a otro hombre. Apretó los puños y respiró profundamente para mantener el control–. Tenía un concepto más alto de ti. ¿Quién es el padre? ¿Tu nuevo jefe?

–No –dijo ella, con un hilo de voz. Lentamente, alzó la vista y lo miró a los ojos–. El antiguo.

Él soltó un resoplido.

–El antiguo...

Cesare tomó aire, bruscamente, y miró al niño moreno.

«No necesito una proposición de matrimonio». Cesare volvió a oír el eco de su voz temblorosa. «Ni que me digas que estás listo para ser padre. Solo necesito saber que, algún día, tal vez quieras esas cosas. Que estás abierto a la posibilidad, si alguna vez...».

Y él le había contestado un «no» rotundo.

«O es una diversión, una amistad con ciertos beneficios, o nada».

«Yo voy a tener un hijo», le había respondido ella. Él había pensado que Emma estaba intentando conseguir un compromiso para el futuro, pero, en realidad, ella estaba hablando del presente.

Cesare miró al bebé, que tenía los mismos ojos que él veía cada día en el espejo, y le temblaron las rodillas.

–Es mío –susurró–. Yo soy el padre.

Capítulo 5

MIENTRAS esperaba para conocer la reacción de Cesare, a Emma le latía el corazón desbocadamente.

No podía creer que estuviera ocurriendo aquello. Había estado soñando con aquel momento durante aquellos diez pasados meses. Había estado pensando constantemente en Cesare mientras el bebé crecía en su vientre. El día que había nacido Sam. Y todos los días, desde entonces.

Sin embargo, en aquel momento tenía miedo.

Alain Bouchard había sido un jefe maravilloso para Emma, y se había preocupado por ella casi como un hermano durante su embarazo y durante las noches en vela que había pasado después. Pero Alain odiaba a Cesare, su antiguo cuñado, y lo culpaba de la muerte de su hermana Angélique. Durante diez meses, Emma había esperado que llegara aquel día: el día en que Cesare supiera de la existencia del bebé y conociera la identidad de su nuevo empleador.

Aquel año, mientras paseaba por las calles de París haciendo los recados de Alain, comprando fruta fresca y carne en el mercado de Rue Cler, siempre que veía a un hombre alto, de hombros anchos y pelo moreno, había contenido la respiración. Pero nunca era Cesare. Él odiaba París. Aquella era parte de la razón por la que ella había aceptado aquel trabajo.

Así que, aquel día, al ver a un hombre alto y moreno

paseando por el parque, mirando a su alrededor con una extraña desesperación, había preferido ignorar lo que le decía el instinto, porque su instinto siempre se equivocaba. Se había sentado en un banco junto al cochecito del bebé y se había dedicado a sentir el calor del sol en la piel. Había pasado casi un año desde que no veía a Cesare, desde que había sentido sus caricias. Desde entonces, habían ocurrido muchas cosas. Su bebé ya no era un recién nacido. Sam había cumplido cuatro meses y se había convertido en un niño sano que adoraba jugar y reírse. Emma ya veía su herencia italiana en sus ojos negros. La sangre de los Falconeri.

Sin embargo, mientras estaba allí sentada, no podía apartar los ojos de aquel hombre moreno vestido con un traje elegante, aunque tratara de convencerse de que su imaginación estaba desbocada, y de que aquel no podía ser Cesare.

Entonces, él había pasado por delante de ella, hablando por su teléfono móvil. Ella había visto su cara con toda claridad, y había oído su voz. Y el tiempo se había detenido.

Sin pensarlo, Emma se había levantado del banco y lo había llamado.

En aquel momento, al mirarlo, tuvo la sensación de que el mundo dejaba de girar, y de que la Torre Eiffel, los turistas y el parque se desvanecían a su alrededor. Solo existía Cesare.

Lo había añorado en cuerpo y alma. Había llorado por la terrible elección que había tenido que hacer. Él le había dicho con rotundidad que no quería tener un hijo, pero, aún así, ella no podía dejar de preguntarse si no habría cometido un tremendo error al ocultarle que estaba embarazada. En dos ocasiones, incluso, había descolgado el auricular del teléfono.

En aquel momento, él estaba frente a ella, tan cerca

que podían tocarse. Y, durante toda la conversación, Emma había estado mirando a su bebé por el rabillo del ojo. ¿Cómo era posible que él no hubiera visto al instante el parecido? ¿Cómo era posible que no hubiera sabido la verdad nada más ver a Sam en el cochecito?

Bien. Ahora, ya lo sabía.

—Soy el padre –repitió él, con la voz entrecortada.

—Sí –dijo Emma. Sintió, al mismo tiempo, entusiasmo y miedo–. Es tuyo.

Cesare se había quedado conmocionado.

—¿Por qué no me lo dijiste?

—Yo...

—¿Cómo es posible que no me lo dijeras? –inquirió él, y retrocedió un par de pasos mientras se pasaba la mano por el pelo–. Sabías que estabas embarazada cuando te marchaste de Londres.

Emma asintió.

—Me mentiste –dijo él, mirándola con furia.

—No te mentí, exactamente. Te dije que iba a tener un hijo...

Él tomó aire.

—Creía que querías decir que lo tendrías algún día. Y tú permitiste que lo creyera. Así que mentiste.

Ella se humedeció los labios.

—Quería decírtelo...

—Nunca has tomado la píldora.

—¡Yo nunca he dicho eso!

Él entrecerró los ojos.

—Tú dijiste que...

—Dije que no podía quedarme embarazada. Pensé que era imposible. Cuando era adolescente, me puse enfer... me puse muy enferma, y mi médico me dijo que no iba a poder tener hijos. Esto ha sido un milagro. ¿Es que no lo ves? Nuestro hijo es un milagro.

—Un milagro –repitió Cesare, y la fulminó con la mirada–. ¿Y no pensabas que tenías que compartir ese milagro conmigo?

–Quería hacerlo. Lo deseaba mucho más de lo que te imaginas. Pero tú me dejaste bien claro que no querías tener una familia.

–¿Te quedaste embarazada a propósito? –inquirió él–. ¿Lo hiciste para obligarme a que me casara contigo?

Emma se echó a reír sin poder evitarlo.

–¿Por qué te ríes? –le preguntó él.

–Oh, lo siento. Pensaba que era una broma.

–¡Esto no tiene nada de gracia!

–No, claro que no. Pero tú sí –le espetó ella perdiendo la paciencia.

Él pestañeó y se quedó boquiabierto.

Ella respiró profundamente para calmarse.

–No creo que puedas decir que he intentado atraparte. Estoy criando a mi hijo completamente sola. ¡No me casaría contigo ni aunque me lo pidieras!

–¿De veras?

Al recordar que, una vez, había anhelado casarse con él y que se lo había dicho, a Emma le ardieron las mejillas de humillación. Alzó la barbilla.

–Puede que haya sido lo suficientemente tonta como para desearlo una vez, pero, desde entonces, me he dado cuenta de que serías un marido horrible. Ninguna mujer en su sano juicio querría casarse con alguien como tú.

–Con alguien como yo –repitió él con irritación–. Entonces, ¿prefieres ser una criada, limpiar para ganarte la vida, que ser la mujer de un millonario? ¿Es que de verdad esperas que me lo crea?

Ella lo atravesó con la mirada.

–¿Y tú esperas que yo me venda a un hombre que no me quiere, cuando puedo mantenerme con mi trabajo, y mantener a mi hijo, con honradez?

–Él no es solo hijo tuyo.

–Tú no lo quieres. Me lo dijiste en Londres.

–Eso era distinto. Tú hiciste que pareciera una elección. No me dijiste que era un hecho consumado –dijo Cesare, y se cruzó de brazos–. Quiero que le hagan una prueba de ADN.

Ella apretó los dientes.

–¿Es que no me crees?

–¿Cómo voy a creer a la mujer que me prometió que no podía quedarse embarazada? No, no te creo.

Emma sintió tanta rabia que dio una patada en el suelo.

–No voy a permitir que pinchen a Sam con una aguja para hacerle una prueba estúpida. Si no me crees, si piensas que me he acostado con otros hombres y que ahora estoy mintiendo por diversión, olvídate de nosotros. Márchate. Estaremos perfectamente sin ti.

Él apretó los puños.

–¡Tenías que habérmelo dicho!

–Intenté hacerlo, pero en cuanto sugerí la idea de un hijo, tú estuviste a punto de desmayarte.

–Eso no es cierto –respondió él con furia.

–¡Sí lo es! Quise decírtelo todo desde el mismo momento en que supe que estaba embarazada. Claro que quería decírtelo. ¿Por quién me tomas? Mis padres se casaron al terminar el instituto, y siempre estuvieron enamorados, hasta que mi madre murió. Eso es lo que hace la gente en mi tierra. Se casan, y siguen casados. Compran una casa y crean una familia. ¿De verdad piensas que yo quería ser madre soltera? ¿Crees que esto es algo que he elegido voluntariamente?

Cesare se quedó asombrado al oír todo aquel discurso. Después, frunció el ceño y la miró malhumoradamente.

–Ni se te ocurra intentar...

–Incluso ahora, cuando ya te he dicho que tienes un

hijo, ¿qué estás haciendo? Me estás gritando, cuando cualquier hombre normal se habría interesado en... No sé... ¡En conocer a su hijo!

Entonces, él se quedó callado, mirándola con enfado.

–Está bien.

–¡Sí, ya está bien!

Cesare se giró hacia el bebé y se arrodilló junto al cochecito. Miró la cara regordeta de Sam. Tenía los ojos exactamente igual que él. Y el mismo pelo oscuro, que ya estaba empezando a rizársele.

–Ummm –dijo, y le tendió una mano con timidez al bebé–. Hola.

El bebé siguió chupando el sonajero, pero alargó una manita hacia la de su padre y le agarró un dedo. Cesare abrió mucho los ojos, y su expresión cambió. Le acarició suavemente el pelo y, después, la mejilla. A continuación, dijo de nuevo:

–Hola.

Al verlos a los dos juntos, a Emma se le encogió el corazón.

–¿Le has llamado Sam? –preguntó él, después de un momento.

–Sí. Como mi padre.

–Se parece mucho a mí –murmuró Cesare, y se puso en pie–. Solo quiero saber una cosa. Si yo no hubiera venido a París, si hoy no nos hubiéramos encontrado, ¿me lo habrías dicho alguna vez?

Ella tragó saliva.

–Realmente, eres increíble –le reprochó él.

–Tú no quieres tener una familia –respondió ella, con la voz temblorosa–. Lo único que le habrías dado sería dinero.

–Y un apellido.

–Ya tiene un apellido –dijo ella–. Se llama Samuel Hayes. Y yo gano suficiente dinero para darle una vida confortable. No para comprar una mansión, ni para viajar en jet privado, pero sí para que tenga un hogar. No te necesitamos para nada. No te queremos.

Cesare apretó los dientes.

—Le estás privando de sus derechos de nacimiento.

Ella soltó un resoplido desdeñoso.

—¿De sus derechos de nacimiento? Seguramente, tú le habrías mandado a un colegio caro y le habrías comprado algo extravagante e innecesario por Navidad, como un poni. Sin embargo, lo habrías ignorado durante el resto del año. ¡Y eso, en el mejor de los casos! Porque, en realidad, tú no quieres formar parte de su vida. No lo deseas en absoluto.

—Yo sí... —intentó protestar él.

—Oh, por favor —dijo ella con los ojos entrecerrados—. Lo único que le habrías dado sería dinero y, a cambio, le habrías causado una gran tristeza. Es mejor no tener padre que tener un padre como tú. Mi hijo nunca va a sentirse como una carga. Y yo tampoco.

Cesare se quedó mirándola fijamente.

—Así que eso es lo que piensas de mí —murmuró—. Que soy un desgraciado y un egoísta que solo puede ofrecer dinero.

Ella le devolvió la mirada. Después de un instante, suspiró y se calmó un poco.

—Tú eres quien eres. El año pasado me di cuenta de que no podía cambiarte, así que decidí no intentarlo.

De repente, Cesare se quedó pálido. Su magnífica cara estaba demacrada y, pese a todo, ella sintió pena por él. Emma sabía que, pese a su meteórica carrera en los negocios, y pese a toda la fortuna que había amasado trabajando sin descanso, nunca tendría suficiente dinero ni suficientes aventuras de una noche como para llenar su corazón. Y sabía por qué.

Había perdido a la mujer a la que amaba, y nunca

podría amar a otra mujer de nuevo. Y, sin amor, ¿qué otra cosa podía tener, salvo el alma vacía?

–No es culpa tuya –le dijo–. Entiendo el motivo por el que no puedes dejar que nadie vuelva a ocupar tu corazón. La querías tanto... y la perdiste. Creo que tu corazón se fue a la tumba con tu mujer.

Cesare se estremeció.

–Emma...

–No, no pasa nada –dijo ella, e intentó sonreír–. Estamos bien, de verdad. Tu hijo es feliz y está muy bien. Yo tengo un buen trabajo. Mi jefe es buena persona y nos cuida.

Su tono de voz hizo que él la mirara con desconfianza.

–¿Quién es ese nuevo jefe tuyo?

Ella se humedeció los labios.

–¿Es que no lo sabes?

Él negó con la cabeza.

–No. Después de que te marcharas, intenté olvidarte con todas mis fuerzas. No sé nada de ti.

Aquello no debería haberle hecho daño, pero lo hizo. Emma puso las manos en el asidero del carrito.

–Eso es lo que deberías hacer ahora, Cesare. Olvidarnos a los dos...

Pero él puso la mano sobre la suya, en la barra del carrito.

–No. En esta ocasión, no voy a dejar que te vayas. Con mi hijo, no.

Ella tragó saliva.

–Sólo quieres tenernos porque sabes que no puedes. El «no» es una novedad para ti. Pero yo sé que, si alguna vez me permitiera contar contigo, te marcharías. No voy a permitir que nadie le haga daño a Sam; ni siquiera tú.

Ella intentó apartarse, pero él la sujetó.

–Es mi hijo.

–Déjanos en paz –susurró ella–. Por favor. En algún lugar hay un hombre que nos querrá con todo su corazón. Un hombre que será un buen padre para Sam. Los dos sabemos que tú no eres ese hombre.

La ira se borró de la expresión de Cesare, y su semblante se llenó de dolor, incluso de asombro.

–Emma –musitó–. Tienes tan mal concepto de mí...

–Ya la has oído –gruñó alguien a sus espaldas–. Suéltala, canalla.

Alain Bouchard estaba detrás de ellos con dos guardaespaldas.

Cesare abrió mucho los ojos.

–¿Bouchard?

Alain era un hombre poderoso, y guapo. Tenía cuarenta y cinco años; era diez años mayor que Cesare. Tenía el pelo canoso e iba muy bien vestido. Era presidente de una empresa de artículos de lujo que había creado, generaciones atrás, la propia familia Bouchard.

En aquel momento, Alain estaba mirando a Cesare con odio.

–Suéltala –le dijo.

Emma vio que sus dos fornidos guardaespaldas, Gustave y Marcel, daban un paso hacia delante para hacer una amenaza silenciosa, y supo que tenía que calmar la situación.

–Suéltame, Cesare. Por favor –susurró.

Él la miró con furia, como si sintiera completamente traicionado.

–¿Qué está haciendo él aquí?

–Es mi jefe –admitió ella.

–¿Trabajas para el hermano de Angélique?

Emma se estremeció. Aquello podía parecer una venganza por su parte.

–Me ofreció trabajo cuando más lo necesitaba. Eso es todo.

–¿Estás criando a mi hijo en casa de un hombre que me odia?

–Nunca he permitido que dijera una sola palabra contra ti, y menos delante de Sam.

–Vaya, qué detalle –respondió él con frialdad.

Por el rabillo del ojo, Emma vio que Gustave y Marcel se acercaban.

–Por favor –susurró–. Tienes que soltarme...

Cesare retiró la mano. Emma se dio la vuelta con un nudo en la garganta, y se dirigió hacia Alain empujando el carrito.

–¿Estás bien, Emma? –le preguntó Alain–. No te habrá hecho daño, ¿verdad?

–Por supuesto que estoy bien. Solo estábamos hablando –dijo ella, y miró hacia atrás–. Pero ya hemos terminado.

–No, esto no ha terminado –dijo Cesare.

Ella tomó aire profundamente.

–Lo sé –dijo con tristeza.

–Vamos –dijo Alain, y puso la mano sobre el asidero del carrito, justo donde había estado la de Cesare.

Caminaron juntos por el camino de salida del parque; a cada paso que daba, Emma sentía la mirada de Cesare clavada en su espalda. No pudo respirar bien hasta que salieron del Campo de Marte y estuvieron en la calle.

–¿Te encuentras bien? –le preguntó, de nuevo, Alain.

–Sí, perfectamente –respondió ella.

Sin embargo, no era cierto. Sabía que se avecinaba una guerra por la custodia de su hijo. Ya sentía la cercanía de aquella tormenta. Intentó apartarse el miedo de la cabeza y preguntó:

–¿Qué estabas haciendo en el parque? ¿Cómo sabías que estábamos allí?

–Me llamó Gustave.

Ella frunció el ceño.

–¿Y cómo lo sabía Gustave?

Alain se ruborizó.

–Algunas veces hago que mis guardaespaldas te vigilen a distancia. París puede ser una ciudad peligrosa y...

Alain se quedó callado al ver pasar a dos mujeres elegantes y enjoyadas, vestidas de Hermès.

–¿Este barrio? –preguntó ella, con incredulidad.

Él se encogió de hombros.

–Nunca se sabe –dijo. Después, su expresión se volvió sombría–. Además, parece que he hecho lo correcto. Ese Falconeri es el padre de Sam, ¿no?

Emma estaba segura de que Bouchard quería protegerla, pero se sintió como si hubiera violado su privacidad.

–Sí –admitió–. Pero no le culpo por estar enfadado. No le dije que me había quedado embarazada.

–Es evidente que tenías buenas razones. ¿Va a intentar quitarte al bebé?

–No lo sé –musitó ella.

–No se lo permitiré. Haré cualquier cosa que sea necesaria para protegerte, Emma. Quiero que lo sepas.

Ella miró a su jefe con inquietud.

–Sí lo sé –respondió.

Pese a la bondad de Bouchard, últimamente, ella se había preguntado si tenía más interés del que debería tener un jefe en su empleada, aunque se había dicho a sí misma que solo eran imaginaciones. Sin embargo... Emma cabeceó.

–No nos va a pasar nada. Yo puedo cuidar de nosotros dos.

Un poco más adelante, vio el Range Rover de Alain aparcado ilegalmente. El chófer mantenía el motor encendido.

–Después de lo que le hizo a mi hermana, no voy a permitir que Cesare Falconeri vuelva a hacerle daño a ninguna otra mujer –juró Alain.

Emma se puso tensa.

–Cesare no le hizo nada. Fue un trágico accidente. Él la quería.

–Ah. Tú siempre piensas lo mejor de todo el mundo –dijo él–. Incluso de él. Pero ese canalla no te merece. Algún día, tendrá lo que se merece, sí.

Emma lo miró con el corazón encogido, preguntándose si había hecho bien en aceptar el trabajo que le había ofrecido Alain. Él estaba convencido de que la muerte de su hermana había sido provocada por algo más que una sobredosis accidental. Sin embargo, Cesare era inocente. Nunca lo habían acusado de ningún crimen, y ella sabía perfectamente que amaba a su esposa.

Respiró profundamente y cambió de conversación.

–Sam y yo vamos a estar perfectamente –dijo–. Cesare no quiere tener una familia que lo ate. Pronto volverá a Londres y se olvidará de nosotros.

Sin embargo, recordó la ternura reflejada en el rostro de Cesare cuando había acariciado a Sam por primera vez, y tuvo miedo.

–¿Al aeropuerto, señor?

Cesare se recostó cansadamente en el respaldo de su coche. Por un momento, no respondió al chófer. Se apretó la frente con las manos. Todavía estaba temblando de furia y de incredulidad por lo que acababa de saber.

Tenía un hijo.

Un niño que había nacido en secreto, cuya madre era la mujer que le había abandonado en noviembre sin decirle una palabra de que estaba embarazada. Y que, además, había ido a trabajar para su peor enemigo.

Cerró los ojos y se apretó los párpados con los dedos.

No creía que Emma se hubiera quedado embarazada a propósito. No. Ella tenía razón con respecto a su estúpida reacción, porque no era una interesada. Sin embargo, el hecho de que hubiera salido de Londres sin decirle una palabra sobre su hijo, el hecho de que le hubiera arrebatado el derecho a decidir lo que quería hacer...

Respiró profundamente. Ella se había comportado como si él no importara en absoluto, como si no existiera.

–¿Señor?

–Sí –respondió–. Al aeropuerto.

Mientras el coche avanzaba entre el tráfico, Cesare notó una opresión en la garganta. Su hijo se estaba criando en la casa de Alain Bouchard, un hombre que lo culpaba injustamente de la muerte de Angélique. Bouchard no conocía la verdad y, sabiendo cómo adoraba aquel hombre a su hermana, Cesare no había querido desvelársela.

Sin embargo, en aquel momento, al recordar su cara de ira, y cómo había salido en defensa de Emma, se preguntó si era posible que ella se hubiera convertido en la amante de Alain durante aquel último año.

«No», le dijo su corazón. «Es imposible».

Pero su mente no estaba de acuerdo. Después de todo, Emma y Alain estaban viviendo en la misma casa, y tal vez ella se hubiera sentido sola y herida, y Alain la hubiera encontrado llorando en la cocina, como le había sucedido una vez a él mismo, y ella hubiera terminado en su cama, como había terminado una vez en la suya.

Notó un sabor amargo en la boca.

El coche giró hacia el oeste y se dirigió hacia el aeropuerto privado que había a las afueras de la ciudad. Él miró por la ventana. Veía la Torre Eiffel por encima de los preciosos edificios, y se fijó en dos jóvenes amantes que se besaban en la terraza de un café.

Apretó los dientes. Iba a alegrarse mucho de dejar aquella maldita ciudad. Odiaba París y su simbología. El amor. El romanticismo.

Aunque Emma no fuera la amante de Bouchard, a él ya no le quería; le había explicado con claridad lo que opinaba de él, como padre e incluso como ser humano. No quería nada de él, ni siquiera su dinero. Aquello hacía que se sintiera muy mal.

Sería fácil hacer lo que ella le había pedido: marcharse y olvidarse de ella. Olvidar al niño que habían engendrado involuntariamente.

Su hijo.

Todavía podía ver la cara del niño, y su pelo negro. Sus ojos negros, exactamente como los de su padre.

Tenía un hijo.

Cesare cerró los ojos. Por encima del recuerdo del niño, oyó la voz de Emma: «No te necesitamos».

Cesare golpeó la ventanilla con un puño.

–¿Señor? –preguntó el chófer, mirándolo por el espejo retrovisor.

Cesare abrió lentamente los ojos. Tal vez no estuviera listo para ser padre, pero eso ya no importaba.

Porque lo era.

–Dé la vuelta.

–¿Cómo?

–Que vuelva a mi hotel –dijo Cesare, frotándose la nuca–. No voy a marcharme de París. Lléveme al hotel.

Mientras el chófer seguía sus indicaciones, él sacó el teléfono móvil y marcó un número de Nueva York. Mortimer Ainsley había sido el abogado de su tío hacía veinte años, y había actuado como albacea de su testamento desde su muerte hasta que Cesare había cumplido la mayoría de edad y había heredado el hotel, sobre el que pesaba una gravosa hipoteca. Después, Mortimer Ainsley había revisado el contrato prenupcial que le había dado Angélique Bouchard, la millonaria francesa que le había propuesto que se casara con ella tan solo seis semanas después de conocerse.

Morty había gruñido al conocer los términos del acuerdo.

—Si dejas a esta tal Bouchard, te quedarás sin nada —dijo—. Si muere, te quedas con todo. No es un buen trato para ti. Solo tiene diez años más que tú, así que puede tardar mucho en morirse.

Cesare se quedó horrorizado.

—Yo no quiero que muera. La quiero.

—Conque la quieres, ¿eh? —dijo Morty con un resoplido—. Pues buena suerte.

Mientras recordaba lo joven e ingenuo que era entonces, Cesare esperó a que Mortimer respondiera al teléfono. Al cabo de pocos segundos, oyó su voz.

—Ainsley. ¿Dígame? —dijo el abogado con la voz ronca, como si acabara de despertar.

—Morty, soy Cesare. Tengo un problema...

Sin rodeos, Cesare le explicó cuál era la situación.

—Así que tienes un hijo —dijo Morty—. Enhorabuena.

—Ya te he dicho lo que pasa. Yo no tengo a mi hijo —replicó Cesare con aspereza—. Lo tiene ella.

—Y, por supuesto, quieres empezar una guerra por esto. Tal vez la ganes —dijo Morty, y carraspeó—. Pero ¿conoces la expresión «victoria pírrica»? A menos que la madre sea una madre negligente...

Cesare recordó la expresión de amor de Emma al mirar al niño, al empujar el carrito.

—No —dijo, de mala gana.

—Entonces, tendrás que decidir a quién quieres hacer daño, y hasta qué punto —dijo Morty—. Porque en un proceso judicial por la custodia de un hijo, no sufren solo los padres. Los niños también sufren y, en la mayoría de los casos, sufren más que nadie –afirmó, e hizo una pausa–. Puedo darte el teléfono de un abogado implacable que le pondrá las cosas muy difíciles a esa mujer, pero ¿eso es lo que quieres realmente?

Mientras su Rolls-Royce cruzaba el Sena y recorría la Avenue George V, Cesare soltó lentamente el teléfono. Se había despedido de Morty pocos minutos antes. El coche se detuvo delante de la puerta del hotel de cinco estrellas en el que se había alojado durante las negociaciones, y el mozo le abrió la puerta.

–Bienvenido, señor.

Cesare miró hacia arriba, pero no vio la impresionante arquitectura del edificio. Solo vio la cara de preocupación y angustia que tenía Emma cuando se habían separado en el Campo de Marte.

Ella esperaba que él comenzara la guerra judicial por el niño. Dios santo, lo conocía muy bien. Esperaba que él, una vez que había conocido la existencia de Sam, destrozara la paz en la que vivían. Y, después de que él hubiera hecho trizas su vida por una cuestión de orgullo, ella esperaba que se aburriera y los dejara abandonados.

Por eso no le había dicho nada del bebé. Por eso pensaba que Sam estaba mejor sin padre. Realmente, creía que Cesare era egoísta hasta esos extremos. Creía que él estaba dispuesto a poner su ego por encima del bienestar de su hijo.

Apretó los labios al pensar que, si Morty no le hubiera hecho reflexionar, tal vez habría actuado exactamente así.

«Tendrás que decidir a quién quieres hacer daño, y hasta qué punto. Porque, en un proceso judicial por la custodia de un hijo, no sufren solo los padres. Los niños también sufren y, en la mayoría de los casos, sufren más que nadie».

Antes de que sus padres murieran, Cesare había tenido una infancia feliz en una vieja mansión del lago Como, llena de arte y luz, y rodeada de preciosos jardines. Sus padres eran artistas y se amaban, y adoraban a su único hijo. Los tres eran inseparables. Hasta que, cuando él cumplió los doce años, su madre enfermó. Aquella enfermedad había envenenado sus vidas por completo.

La muerte de su padre había sido más rápida. Después del funeral de su mujer, se había ido a remar al centro del lago después de haberse bebido tres botellas de vino. El forense había sido generoso al tildar su deceso de «accidente».

Apretó los puños. Si no presentaba una demanda por la custodia de su hijo, ¿cómo iba a cumplir con sus obligaciones hacia él? No podía permitir que otro hombre criara a Sam, y menos si ese hombre era Alain Bouchard. Sam crecería pensando que él era un monstruo que lo había abandonado sin remordimientos.

Cesare exhaló un suspiro.

¿Cómo podía conseguir que Emma hiciera lo que él quería? ¿Cómo podía conseguir la custodia de su hijo? ¿Cuál era su debilidad?

Él lo sabía.

Y, aunque una parte de sí mismo se estremeciera al pensarlo, Cesare pisoteó aquel miedo irracional. Aquel no era el momento de acobardarse. En aquella ocasión, él no estaría vendiendo su alma. No habría falsas ilusiones sobre el amor. Haría aquello estrictamente por su hijo. Sería un acto de conveniencia.

De repente, se le pasó por la cabeza la imagen de Emma, desnuda en su cama, exuberante y cálida entre sus brazos...

¡No! La mantendría en su propio hogar, pero a distancia. Solo sería un matrimonio de conveniencia, y nunca volvería a abrirle su corazón.

Desde aquel momento, su amor sería solo para su hijo.

Se volvió hacia el coche y entró de nuevo.

—¿Señor? —dijo el chófer.

—He cambiado de opinión.

—Por supuesto, señor —respondió el chófer, que estaba bien acostumbrado a los caprichos de los ricos—. ¿Dónde debo llevarlo?

Emma esperaba una guerra, y él iba a dársela. Sin embargo, no haría lo que ella pensaba; la sorprendería y se apoderaría de ella de un modo dulce, y mucho más explosivo que cualquier proceso judicial.

—A la Avenida Montaigne —respondió Cesare—. A la pequeña joyería que hay a la vuelta de la esquina.

Capítulo 6

EMMA se sobresaltó al oír el teléfono.
Llevaba toda la tarde, desde que se había separado de Cesare en el parque, paseándose por la casa del siglo XVII que Alain poseía en el séptimo *arrondissement*. No había podido dejar de mirar por la ventana, nerviosamente, más allá de la puerta del patio, hacia la Avenue Rapp. Esperaba que Cesare apareciera por allí para darle un golpe doloroso. Esperaba la llamada de algún abogado. O de la policía. O... no sabía qué, pero no podía dejar de torturarse a sí misma.

Cuando por fin sonó el teléfono, vio que era el número de Cesare, y se preparó para lo peor.

–No voy a permitir que me acoses –susurró para sí. Después respondió–: ¿Qué quieres?

–Quiero verte –dijo Cesare con calma, y en un tono agradable–. Me gustaría que habláramos de nuestro hijo.

–Estoy ocupada –dijo ella–. Tengo que trabajar.

–Eres la madre de mi hijo, y no necesitas trabajar. Nunca más tendrás que preocuparte por el dinero.

Cesare estaba intentando que bajara la guardia.

–Ahora no me preocupa en absoluto el dinero –replicó ella–. Tengo un buen sueldo y no tengo que pagar alquiler por vivir en casa de Alain. Además, gracias a ti, tengo ahorros. Vendí tu reloj a un coleccionista, a propósito. No podía creerme lo mucho que me ofreció por él. ¿Qué clase de idiota gastaría tanto en un reloj? Oh, perdona. Pero ¿cómo pudiste gastarte tanto dinero en un reloj?

Sin embargo, a Cesare no pareció importarle su sarcasmo.

—¿Cuánto te pagaron por él?

—Cien mil euros —dijo ella.

Él soltó un resoplido.

—Ese coleccionista hizo un buen negocio.

—Eso me dijo Alain. Se irritó al saber que no le había ofrecido el reloj a él primero. Me dijo que él me habría pagado el triple...

—Bouchard te cuida bien.

—Por supuesto que sí. Es un buen jefe.

—No puedes criar a Sam en su casa, Emma. Yo no voy a permitirlo.

—¿Que tú no vas a permitirlo? Mira, te dije que Sam es hijo tuyo porque era lo que debía hacer...

—Me lo dijiste porque no tuviste otro remedio.

—... pero tú no puedes darme órdenes. Por si no te habías dado cuenta, ya no eres mi jefe.

—Soy el padre de Sam.

—Vaya, de repente estás muy seguro de ello, ¿no?

—Emma...

—¡No puedo creer que me hayas pedido la prueba de paternidad de Sam, cuando sabes perfectamente que eres el único hombre con el que me he acostado en toda mi vida!

—¿Incluso ahora?

Su tono de voz era tenso. ¿Acaso a Cesare le preocupaba que se hubiera acostado con otros hombres durante aquel último año? Emma se quedó asombrada.

—¿Es que piensas que he tenido muchas citas mientras estaba embarazada y parecía una ballena? O, tal vez, justo después de que naciera Sam, invité a otros hombres a mi cama, con la esperanza de que no se fijaran en mis ojeras ni en el bebé que tenía en brazos. Me conmueve que me consideres tan irresistible, pero, si tengo una tarde libre, me caigo redonda en la cama. Para dormir, no para tener orgías.

Hubo un silencio. Cuando él volvió a hablar, su voz sonaba mucho más cálida.

–Ven a cenar conmigo esta noche. Puedes dejar a Sam en casa con una niñera.

–¿Para qué? ¿Qué tienes planeado? ¿La guillotina? ¿Pistolas al amanecer? O, tal vez, algún abogado que me entregue una demanda...

–Solo quiero que hablemos.

–Ya. Hablar –dijo ella.

–Puede que haya sido un poco brusco contigo en el parque...

–¿Tú crees?

–No te culpo por creer lo peor de mí, pero estoy seguro de que olvidarás mi mala educación cuando reflexiones sobre lo que pude sentir al saber que tengo un hijo cuya existencia me has ocultado durante mucho tiempo.

–Está bien. ¿Qué es lo que quieres? –preguntó ella, con desconfianza.

–Solo quiero que vengas a cenar conmigo –dijo él–, y que hablemos del futuro de nuestro hijo. No creo que eso tenga nada de raro.

–No voy a cederte la custodia, así que, si quieres hablar de eso, deberíamos dejar que se encarguen nuestros abogados –dijo ella, intentando parecer segura, como si de verdad tuviera un abogado.

–Oh, abogados –respondió él con un suspiro–. Lo enredan todo. Vamos a vernos tú y yo, como gente civilizada.

–Y, si lo que quieres es alejarme de la casa para que tus guardaespaldas puedan llevarse al niño, te diré que este palacio es como una fortaleza...

–Vamos, Emma. Si vas a sacar la peor conclusión de todo lo que te diga, esta conversación va a ser muy larga, y me apetecería tomar una copa de vino...

Ella miró a su bebé, que soltó un gritito de triunfo al conseguir agarrarse el calcetín. Los hombres Falconeri eran seres muy decididos.

–¿No vas a intentar nada raro?

–¿Como por ejemplo, qué? Voy a llevarte a un restaurante abarrotado. ¿Qué te parece el restaurante de la Torre Eiffel?

Emma pensó en las colas de turistas. Verdaderamente, Cesare no iba a poder hacer mucho entre tal multitud...

–Bueno...

–Te marchaste de Londres sin decirme una palabra de tu embarazo, y comenzaste a trabajar para Bouchard a mis espaldas. No creo que sea demasiado pedir que cenes conmigo una vez para hablar de la custodia de Sam.

Emma estaba a punto de acceder, pero al oír la palabra «custodia», todas sus alarmas se dispararon.

–¿Qué quieres decir con eso?

–Emma, tengo un hijo, y no puedo marcharme y dejarlo todo así como así. Tenemos que llegar a algún tipo de acuerdo.

–¿Qué acuerdo?

–Si quieres saberlo, tendrás que venir a cenar conmigo esta noche.

–Tú no quieres ser padre de ningún niño –dijo ella–. No podrías serlo ni aunque quisieras. ¡Estoy segura de que no ibas a intentarlo durante mucho tiempo!

Por un momento, Cesare se quedó silencioso.

–Crees que me conoces –dijo, finalmente.

–¿Y me equivoco?

–Te recogeré a las nueve –respondió él.

–No, a las siete –dijo ella con nerviosismo–. No quiero estar fuera hasta muy tarde.

–¿Tienes toque de queda? Vaya, parece que él te controla bastante.

–Alain no tiene nada que ver con...

–¿Emma? Por favor, ponte algo bonito.

La llamada se cortó.

Estaba anocheciendo en París, y el cielo estaba teñido de diferentes matices de rosa y naranja. Emma observó aquella luz reflejada sobre los edificios blancos mientras caminaba por Avenue Rapp.

Faltaban tres minutos para las siete. Ella se había arreglado cuidadosamente, tal y como le había pedido Cesare; se había puesto un vestido rosa de punto y una chaqueta negra. Además, al llegar a París había dejado de recogerse el pelo en un moño y casi siempre lo llevaba suelto. Su lápiz de labios tenía el mismo tono rosado del vestido. Incluso se había puesto máscara de pestañas para resaltar el color verde de sus ojos. O eso esperaba.

No, no. No esperaba tal cosa. No le importaba en absoluto lo que Cesare pensara de ella y de su aspecto.

Aquella noche solo iba a reunirse con Cesare por el bien de Sam, porque todos sus sueños románticos habían muerto aquella fría mañana de noviembre, en Londres. Emma se estremeció al recordarlo. Después, aceleró un poco el paso para no llegar ni un minuto tarde.

Había acostado al niño y lo había dejado al cuidado de Irene Taylor, una jovencita muy responsable que había trabajado de niñera para el embajador de Bulgaria. Irene era inteligente, idealista y muy joven. Emma nunca había sido tan joven...

–*Buona sera, bella*.

Emma se volvió y se encontró con Cesare en la acera, muy cerca del lugar en el que habían quedado. Él estaba increíblemente guapo; llevaba un abrigo negro y largo.

–Llegas muy puntual –dijo ella.

–Por supuesto.

–Tú siempre eres impuntual.

–Yo siempre soy puntual cuando me interesa.

Ella se ruborizó. Se sintió azorada, y miró hacia ambos lados de la calle.

–¿Dónde está tu coche?

Él se acercó.

–Hace una noche muy agradable, y le he dicho a mi chófer que podía tomársela libre. ¿Y por qué has venido andando tú? Podía haber ido a recogerte.

–No quería empezar la Segunda Guerra Mundial.

Él soltó un resoplido.

–Yo no tengo ningún resentimiento hacia Bouchard.

–Pero él sí lo tiene hacia ti. Ha dicho unas cosas...

Él entrecerró los ojos.

–Pensándolo bien, quizá tengas razón al tratar de separarnos. Está empezando a molestarme esa manera suya de apoderarse de algo que debería ser solamente mío...

Emma se echó a temblar al ver la ira que se reflejaba en sus ojos. Se refería a Sam. Tenía que referirse a Sam...

–Estás muy guapa –le dijo él, con la voz ronca.

–Oh. Gracias –respondió ella, con una súbita timidez–. Tú también... Aunque eso no tiene importancia, porque solo hemos accedido a vernos para hablar de nuestro hijo...

Se quedó callada cuando él la tomó de la mano. Sintió el calor de la palma de la mano de Cesare contra la suya, y la sensación de anhelo fue abrumadora. Se zafó de él, temblando.

–No sé lo que estás planeando, pero...

–Solo una cena, Emma –dijo él, en voz baja–. Y una conversación.

–¿Y nada más?

Él sonrió de una forma que le encogió el corazón.

–¿Acaso yo mentiría?

Ella suspiró.

–No.

Entonces, Cesare comenzó a caminar. La llevó por la Avenue de Bourdonnais, todavía muy concurrida a aquellas horas de la noche, hacia el Campo de Marte. Cuando llegaron a la cola de turistas, ella suspiró de alivio. Pese a todas sus promesas, Emma todavía temía que él intentara algo. No trataría de seducirla, ¿verdad?

A menos que fuera un frío cálculo por su parte. A menos que él pudiera confundirla con su sensualidad hasta que ella enloqueciera tanto que accediera a cederle la custodia de Sam. Apretó los puños; él no iba a conseguir ni un solo beso, aunque lo intentara. Y, la próxima vez que la llamara por teléfono, ella ya tendría un abogado.

–¿Ascensor o escaleras? –le preguntó Cesare, sonriendo.

–Ascensor –respondió ella rápidamente, mirando la altura de la torre metálica.

Se acercaron al ascensor privado que había en el pilar sur; allí no había cola. A Emma le resultó extraño, porque aquel restaurante era realmente muy célebre.

Se quedó más impresionada cuando las puertas del ascensor se abrieron y salieron al precioso local...

Y lo encontraron vacío.

Emma se quedó helada. Tomó aire y miró a Cesare con recelo.

–¿Dónde está todo el mundo?

Él se encogió de hombros, con una expresión de culpabilidad y de inocencia al mismo tiempo.

–¿Qué quieres decir?

Ella miró a su alrededor. El restaurante tenía unas impresionantes vistas sobre París, pero todas las mesas estaban vacías.

–¡Aquí no hay nadie!

Él se colocó a su espalda y le puso las manos sobre los hombros.

–Nosotros estamos aquí.

Lentamente, Cesare la ayudó a quitarse el abrigo. Después, se lo entregó a un camarero, que había aparecido discretamente. Cesare se quitó el suyo, sin apartar los ojos de ella; llevaba un esmoquin muy elegante, y Emma se estremeció bajo su mirada, por motivos que no tenían nada que ver con el frío. Cuando él la condujo hasta la mesa que tenía mejores vistas de todo el restaurante, ella se sintió acalorada, como si acabara de estar tomando el sol.

Se sentaron, y el camarero les llevó una botella de vino. Emma miró a su alrededor, y se dio cuenta de que en todas las mesas que los rodeaban había jarrones llenos de rosas.

–¿Rosas? –preguntó, y sonrió sin ganas–. ¿Para acompañar al reloj que me regalaste? ¿El toque final de la despedida para las aventuras de una noche?

–A mí me parece evidente –replicó él, mientras le servía vino en la copa– que tú no eres una aventura de una noche.

–De dos noches, entonces.

Él la miró sin decir nada. A ella le ardieron las mejillas.

–No voy a dejar que me convenzas para que te dé la custodia de Sam –le dijo, con la voz ronca–. Ni que me seduzcas para conseguirlo.

Cesare se rio.

–Ah, sigues pensando que soy un canalla sin corazón –dijo–. No es eso lo que quiero.

–Entonces, ¿qué?

Él siguió mirándola fijamente, y a ella se le aceleró el corazón.

Al tomar la copa de vino, se dio cuenta de que le

temblaba la mano. Tenía un problema. Se había metido en un buen lío.

Él alzó su copa.

—Un brindis.

—¿Por qué?

—Por ti, querida —murmuró él.

Brindaron suavemente, y bebieron. Ella miró su copa, y murmuró:

—¿Debería preguntarte si está envenenado?

—No, nada de veneno. Te lo prometo.

—Entonces, ¿qué?

Cesare arqueó una de sus cejas oscuras.

—¿Cuántas veces tengo que decírtelo? Solo quiero cenar. Y hablar —dijo, y tomó la carta—. ¿Qué te apetecería?

—No tengo hambre.

—¿Que no tienes hambre, con una carta como esta? Hay solomillo, y langosta...

—¿Vas a dejar de torturarme con todas estas estupideces románticas y decirme para qué me has traído aquí?

—Más tarde.

Emma lo miró con furia y con impotencia. Claramente, Cesare estaba empeñado en tomarse su tiempo, en conseguir que ella se retorciera de angustia. Agarró la copa y tomó un buen sorbo de vino. Después, miró a su alrededor.

—Este restaurante es muy famoso. ¿Cómo has conseguido reservarlo entero para ti?

Él se echó a reír.

—He movido algunos hilos. No ha sido fácil.

—Para ti, todo es fácil.

—No, no todo.

El camarero se acercó para tomar nota de lo que iban a cenar. Después, Emma se sintió un poco más relajada.

—Esta es la primera vez que entro en la Torre Eiffel.

Nunca había tenido tiempo para hacer la cola de entrada
–comentó.

–¿Es que Bouchard no te da días libres? –preguntó
Cesare.

Emma lo miró con sorna.

–Fíjate quién habló.

–Ya. Yo era un jefe difícil.

–Eso es un eufemismo.

–Debo de haber sido un jefe horrible.

–Un monstruo –convino ella.

–Nunca pudiste ir al British Museum. Ni hacerte una
fotografía delante del Big Ben –dijo él, con cara de culpabilidad.

Ella se echó a reír sin poder evitarlo. Después, suspiró.

–Tal vez no tuvieras tú toda la culpa –admitió.

Cesare se animó.

–¿No?

–Te culpé de no haber tenido tiempo para ver Londres, y me juré que, en París, sería diferente. Sin embargo, aunque Alain es un maravilloso jefe...

La expresión de Cesare se volvió sombría.

–... no he tenido tiempo para ver mucho de la ciudad.
Al principio, estaba muy ocupada familiarizándome con
el trabajo. Después, tuve al niño y... bueno, si ahora
tengo tiempo libre, no lo uso para ir a un museo. Me
quedo dormida en el sofá –explicó, con un suspiro–. Parece que tengo excusa para todo. Podía haber venido a
la Torre Eiffel con Sam, si hubiera querido, pero no tenía ganas de esperar la cola ni de pagar la entrada.

–¿Y si yo te prometiera que no tendrías que hacer
ninguna de las dos cosas para ver los monumentos y los
museos de Londres?

Ella trató de reírse de aquel ofrecimiento.

–¿Acaso ya no hay cola para ver las joyas de la corona? –preguntó con ligereza–. ¿Y es gratis subir al London Eye?

Él tomó un sorbo de vino. Dejó la copa en la mesa y miró a Emma fijamente.

–Quiero que vosotros dos vengáis conmigo a Londres.

Ella apretó la mandíbula. Temía que él dijera aquello.

–No voy a dejar mi trabajo ni voy a ir a Londres contigo. Tu interés en Sam no será duradero.

–Tienes que saber que nunca voy a abandonarlo, ahora que sé de su existencia. Y menos, en casa de Bouchard.

–Creía que no tenías ningún resentimiento hacia Alain.

–Y no lo tengo. Pero eso no significa que quiera dejar que él eduque a mi hijo. Bouchard te quiere para él, Emma.

–No seas absurdo –replicó ella, mientras recordaba sus propias sospechas–. Y, de todos modos, yo no pienso en él de ese modo.

–Te desea, y ya sabe que ocuparse de Sam es un medio seguro para llegar a tu corazón. Y tú misma has dicho que Sam necesita un padre.

–Sí, es cierto. Necesita un padre de verdad, que lo quiera, que le bese cuando se haga daño jugando y que lo acueste por las noches. Un padre con el que pueda contar. Y los dos sabemos que tú no eres ese hombre –susurró ella.

–¿Y cómo lo sabes?

Ella cabeceó.

–Tú mismo dijiste que no querías tener hijos. No tienes ni idea de lo que significa ser padre...

–Te equivocas. Sí lo sé. Aunque mi paternidad sea nueva, he sido hijo de mis padres –dijo él, y apartó la mirada–. Ellos no tenían dinero, solo una casa vieja de la familia que se nos caía encima. Pero éramos felices. Mis padres se querían, y me querían a mí.

Ella tragó saliva.

–Nunca te había oído hablar de tus padres.

–No hay mucho que contar –continuó Cesare–. Cuando tenía doce años, mi madre enfermó, y mi padre la vio morir lentamente. Después, él no pudo aceptar la vida sin ella y, después del funeral, se fue a beber al centro del lago, solo. Su bote volvió vacío a la orilla, y su cuerpo fue encontrado a la mañana siguiente.

–Lo siento... –dijo ella, con la voz ahogada–. ¿Cómo pudo hacer eso? ¿Cómo pudo dejarte?

–Lo superé –respondió él, encogiéndose de hombros–. Me mandaron a vivir con un tío, a Nueva York. Era estricto, pero intentó educarme lo mejor posible. Aprendí inglés. Aprendí el negocio hotelero. Aprendí que me gustaban las finanzas, la contabilidad, los beneficios y las pérdidas. Los números tenían sentido para mí. Podía sumarlos, restarlos, controlarlos. Al contrario que el amor, que desaparece como la niebla cuando menos lo esperas.

Su esposa. Él todavía tenía el corazón roto por su pérdida. Emma tuvo que contener las lágrimas.

–El amor es lo que hace que la vida tenga sentido –susurró.

Él sonrió sarcásticamente.

–¿Y tú dices eso, después de haber pasado tantos años intentando conseguir el afecto de tu madrastra?

Ella sintió una punzada de dolor en el corazón.

–Lo siento –dijo Cesare, al instante–. No debería haberte mencionado eso.

–No, no. Tienes razón –respondió ella, intentando contener las lágrimas y cabeceando–. Pero hay otras personas que me han querido. Mis padres. Mi madre

murió cuando yo tenía cuatro años de cáncer de ovarios.
Casi como...

Emma se interrumpió. Había estado a punto de decir:
«Casi como yo».

—Lo siento.

—No te preocupes. Fue hace mucho tiempo. Y mi padre era un hombre increíble. Después de que muriera
mi madre, nos quedamos el uno con el otro. Él me en-
señó la ética del trabajo, el sentido del honor... todo.
Con el paso del tiempo, se enamoró de una de sus com-
pañeras de la fábrica...

—¿La madrastra cruel?

—No, nunca fue cruel. Por lo menos, no al principio.
Y yo me alegré mucho de ver feliz a mi padre. Sin embargo, comencé a sentir que sobraba. Me sentía como
la tercera en discordia en su luna de miel.

El camarero les sirvió la cena, y ella le dio las gracias con una sonrisa. Cuando se quedaron a solas de
nuevo, Cesare continuó con la conversación.

—Entonces, ¿te marchaste de casa?

—Bueno... A los dieciséis años, me enamoré locamente de un chico... Era el capitán del equipo de rugby
—explicó Emma, con una sonrisa–, lo cual, en Texas,
puede ser muy importante. Me sentía muy halagada con
sus atenciones, y me enamoré. Unos cuantos besos, y
me convencí de que sería el amor de mi vida. Él me
convenció para ir más allá.

—Pero tú no lo hiciste –dijo él. Tomó un bocado de
su *risotto* y sonrió–. Sé que no lo hiciste.

—No. Pero fui al médico para que me recetara la píldora –respondió Emma. Entonces, respiró profundamente y lo miró a los ojos–. Así fue como me enteré de
que tenía cáncer.

Él se quedó boquiabierto.

—¿Cáncer?

–Cáncer de ovarios, del mismo tipo que había tenido mi madre. Tuve que someterme a un largo tratamiento de quimioterapia. Cuando me curé, Mark me había dejado hacía mucho tiempo por una animadora.

Cesare murmuró algo en italiano, algo que sonó muy poco amable. Ella sonrió.

–Me hizo un gran favor. Yo no tenía ningún síntoma; si no hubiera ido al médico, no me habría enterado de que estaba enferma. Así que, en cierto modo, me salvó la vida. Aunque, durante mucho tiempo, hubiera preferido morirme.

–¿Por qué?

–Mi enfermedad se lo llevó todo. Se llevó mi infancia, y mi sueño de tener una familia algún día. El coste del tratamiento médico se llevó la casa, incluso –dijo Emma. Aunque tenía un nudo de dolor en la garganta, se obligó a sí misma a decir lo peor–: Y mató a mi padre.

Él estiró el brazo por encima de la mesa y la tomó de la mano.

–Emma...

Ella respiró profundamente.

–Fue culpa mía. Mi padre no era la clase de hombre que se declararía en ruina para escapar de las deudas. Así que, para pagar mi tratamiento, comenzó a trabajar también por las noches. Entre sus dos trabajos y cuidarme a mí, empezó a descuidar a mi madrastra. Comenzaron a pelearse todo el tiempo. Pero el día en que mi médico anunció que yo estaba curándome, convencí a mi padre para que me llevara a casa pronto. Era el día de San Valentín. Lo convencí para que comprara flores a mi madrastra, para darle una sorpresa. Y Marion se sorprendió, pero por otro motivo. La encontramos en casa, en la cama con el capataz de su fábrica.

Cesare tomó aire.

–¿Y?

–A mi padre le dio un infarto –susurró ella, y se pasó una mano por los ojos–. Ya estaba muy cansado por todo el trabajo y por tener que cuidarme a mí, y Marion me culpó de todo. Y tenía razón.

–No. No es cierto –dijo él con gentileza–. Tú no tuviste la culpa de nada.

–Te equivocas. Si no hubiera luchado tanto por vivir, no habría sido una carga. Mi padre no habría tenido que trabajar en dos sitios a la vez, mi madrastra no se habría sentido sola y abandonada, y todavía estarían juntos. Es culpa mía. Yo destrocé su vida.

–¿Tu madrastra te dijo eso?

Ella asintió con tristeza.

–Después del funeral, me echó de casa. Yo tenía dieciocho años. Ella no tenía ninguna obligación legal de cuidar de mí. Una amiga mía me acogió en su casa hasta que me gradué en el instituto y, después, me marché de Texas a Nueva York. Quería llegar a algo, quería demostrarle a Marion que estaba equivocada. Sin embargo, a pesar de todas las cosas que hice después, de todo el dinero que le envié, no conseguí que me perdonara.

Cesare se puso en pie y rodeó la mesa. Suavemente, levantó a Emma de la silla y la abrazó.

–Así que por eso estabas tan angustiada –murmuró–, la primera noche que... La noche que volviste del funeral.

–Sí. Además... –Emma tragó saliva. Era hora de decirle lo peor. De contárselo todo. Alzó la vista, con los ojos llenos de lágrimas, y prosiguió–: Te dije que me había enamorado de ti, y tú intentaste convencerme de que no era amor, sino solo lujuria. Pero hay un motivo por el que yo sabía que no era así –dijo ella. Tomó aire y confesó–: Te he querido durante años, Cesare.

Él, que había estado acariciándole la espalda con ternura, bajó las manos de repente y la miró.

–¿Años?

–Sí, años. ¿Es que no te habías dado cuenta?

Él negó con la cabeza.

–Te quise desde el primer día que nos conocimos –añadió ella, y se rio forzadamente–. Creo que desde el momento en que me dijiste que te alegrabas de haberme contratado porque parecía una chica lista, y la anterior ama de llaves había sido despedida por haber sido tan tonta como para enamorarse de ti.

Él se quedó desconcertado.

–¿Y por eso te enamoraste de mí?

Ella asintió.

–Supongo que te equivocaste al pensar que yo era lista.

–Creía que no sentías nada. Ni me lo imaginaba...

–Entonces, disimulé mejor de lo que creía... Sabía que ibas a despedirme si te lo figurabas.

–Pero ¿por qué? ¿Por qué me has querido en secreto durante años? Yo he sido autoritario e insensible contigo. Esperaba que siempre cumplieras mi voluntad.

–Sí, es cierto, pero también vi el resto –dijo ella–. La vulnerabilidad que te impulsa a conseguir el éxito, como si el mismo demonio te estuviera persiguiendo. Tu forma de ser bueno con los niños cuando pensabas que nadie te estaba mirando. El hecho de que dieras dinero para actos caritativos, y que ayudaras a las familias en apuros a quedarse en su casa, y todo anónimamente, para que nadie lo supiera.

De repente, él la soltó y dio un paso hacia atrás. Se había quedado pálido.

–Pero, ahora... No es posible que me quieras.

Emma vio el miedo reflejado en sus ojos.

–No te preocupes –le dijo, suavemente–. Dejé de quererte el día en que me marché de Londres. Sabía que no podíamos tener un futuro en común. Tuve que sobreponerme a todo eso para poder comenzar una nueva vida con mi bebé.

Durante un momento, él no contestó. Después, apretó los labios.

−Nuestro bebé.

−Sí −dijo ella, con un suspiro, y volvió a mirarlo a los ojos−. Pero no por mucho tiempo.

−¿A qué te refieres?

−No durarás mucho.

Él dio un paso hacia ella.

−¿De veras piensas que lo abandonaría, después de todo lo que te he dicho?

−No quiero ser una carga, ni quiero que Sam lo sea tampoco, ni se pregunte por qué no puede pasar tiempo con su padre. Tú no eres mala persona, Cesare, pero intentar criar a Sam entre los dos, separados, no iba a funcionar.

−Así, tú podrías encontrar a otro hombre que eduque a mi hijo.

−Tú no puedes prometerme nada, lo sé. Así que, si tienes algo de piedad, si realmente te importa Sam, por favor, déjanos.

La expresión de Cesare cambió. Tomó aire temblorosamente.

−Todo lo que estás diciendo son tonterías −afirmó con brusquedad.

A ella se le escapó un jadeo de asombro, y él la fulminó con la mirada.

−Tú no has mantenido en secreto lo del bebé porque estuvieras intentando ahorrarme el hecho de tener que tomar esta decisión. Y tampoco lo hiciste para proteger a Sam. Lo hiciste solo por una persona: por ti misma.

−¿Cómo puedes decir eso?

−¿De verdad quieres que me crea que Sam iba a estar mejor pensando que su padre lo había abandonado?

Sí, es cierto que soy egoísta, y que trabajo mucho. Y es posible que le compre un poni. Tal vez no sea un padre perfecto, pero tú ni siquiera estás dispuesta a darme la oportunidad de comprobarlo. No temes que Sam sea una carga; temes ser una carga tú. Tienes miedo de que yo me responsabilice de él y tú te quedes aparte. Tienes miedo por ti misma, solo por ti misma.

–¡No! ¡No es cierto!

–No quieres perderlo –gruñó él–. Ni yo tampoco. Desde este momento, las necesidades del niño deben ir en primer lugar –añadió, e hizo una pausa–. Pensé en demandarte por la custodia...

Aquellas palabras le atravesaron el corazón a Emma, y gimió de dolor.

–No...

–Pero una batalla en los tribunales le haría daño a mi hijo. Sin embargo, tampoco voy a permitir que crezca en casa de Alain Bouchard, ni voy a abandonarlo. Y no voy a obligarlo a que tenga que viajar entre dos continentes para vivir dos vidas distintas. Eso solo me deja una opción –sentenció.

Entonces, se sacó una cajita del bolsillo de la chaqueta y la abrió. En su interior había un anillo con un gran diamante.

–Emma Hayes –dijo, con solemnidad–, ¿quieres casarte conmigo?

Capítulo 7

CESARE estaba delante de Emma, esperando su respuesta. Le temblaban las piernas, aunque no le hubiera temblado la voz al formular la pregunta. Las palabras le habían parecido como canicas dentro de su boca.

Oyó un suave jadeo y miró hacia atrás. Había cinco empleados del restaurante mirando desde la puerta de la cocina, sonriendo, esperando a que Emma respondiera.

En aquel instante, Cesare recordó la cara destrozada de su padre después de que su mujer hubiera muerto en sus brazos. La misma expresión desesperada que Angélique tenía cuando él había llegado a casa y la había encontrado muerta, con un frasco de somníferos vacío en el suelo, a su lado.

No. No iba a permitirse recordar aquello. Las cosas eran muy diferentes ahora.

Alzó un poco más la cajita, para disimular el temblor de su mano.

—¿Casarme contigo? –preguntó Emma con espanto–. ¿Es una broma?

—¿Acaso te parece que iba a bromear con esto?

—Pero... si tú nunca has querido casarte. Además, no me quieres.

—No es una cuestión de amor. Es una cuestión de darle a nuestro hijo el mejor futuro posible.

Entonces, Emma dio un paso atrás.

–Lo siento, Cesare. Mi respuesta es no.

Él se quedó tan sorprendido que cerró la cajita de golpe. Había pensado que ella le diría que sí, al instante, y con agradecimiento.

Oyó exclamaciones ahogadas a su espalda, y se giró. Vio que los empleados estaban escondiéndose de nuevo en la cocina. Entonces, se volvió de nuevo hacia Emma.

–¿Y puedo preguntarte por qué?

Ella tragó saliva. Estaba muy pálida, y Cesare se dio cuenta de que aquello también era muy difícil para ella.

–Ya te lo he dicho. No quiero ser una carga. Y, creas lo que creas ahora, tú tampoco quieres soportar la carga de una esposa y un hijo. Los dos lo sabemos. Tú no entiendes lo que significa el matrimonio.

–Los dos sabemos que sí –replicó él, en voz baja.

–Pero tú... no me quieres –musitó ella, con los ojos llenos de lágrimas de angustia.

–Y tú no me quieres a mí –repuso él–. ¿O sí?

Ella no respondió. Se limitó a negar con la cabeza. Cesare exhaló un suspiro.

–Este matrimonio no tiene nada que ver con el romanticismo.

A Emma se le escapó una carcajada seca, y señaló con un movimiento del brazo el restaurante vacío, las rosas sobre las mesas y las impresionantes vistas de París.

–¿Y cómo llamas a todo esto?

Él sonrió.

–Lo llamo... estrategia de negociación.

Emma volvió a reírse, pero su sonrisa se apagó al instante.

–¿Un matrimonio sin amor?

–Sin complicaciones –señaló él–. Los dos querremos a nuestro hijo, pero, entre nosotros, el matrimonio será de conveniencia.

–¿De conveniencia? Entonces, ¿no esperarías que...?

Él negó con la cabeza.

–El sexo solo sirve para complicar las cosas. Es mejor que mantengamos esta relación...

–¿Como algo profesional?

–Iba a decir «cordial».

Ella tomó aire.

–¿Y por qué iba a renunciar yo a cualquier posibilidad de conseguir el amor?

–Por algo que deseas más que el amor. A cambio de una familia, y de Sam.

–Sam...

–Yo voy a quererlo. Estaré a su lado durante todo el camino, todos los días. ¿No es eso mucho mejor que tenerlo entre dos vidas, de manera que nunca sepa cuál es verdaderamente su sitio?

Los ojos verdes de Emma se llenaron de puro anhelo. Pestañeó, y se giró hacia la vista oscura y chispeante de París.

–Me he preocupado mucho por lo que pudiera ocurrirle a Sam si yo... volviera a ponerme enferma –dijo. Miró a Cesare y añadió–: Llevo mucho tiempo sin dar señales de la enfermedad, pero... si alguna vez se reprodujera el cáncer... He sido egoísta. Tal vez tengas razón. Tal vez, dos padres imperfectos sean mejor que uno solo.

–Yo seré el mejor padre posible.

–¿De veras? ¿O, si yo cometiera la locura de aceptar este trato, te entraría el pánico en un mes y saldrías corriendo con alguna modelo?

Él se acercó a ella y le tomó ambas manos.

–Te juro por mi vida que seré para Sam todo lo que tu padre fue para ti.

Entonces, sintió que las manos de Emma temblaban entre las suyas.

–No permitiré que le rompas el corazón –susurró ella.

–Yo no miento, y no hago promesas. Tú lo sabes.

–Sí.

–No hago promesas porque me siento obligado a cumplirlas –dijo Cesare y, lentamente, le puso la cajita negra en la palma de la mano–. Ahora voy a hacerte una promesa.

–Por favor...

–Tú eres la madre de mi hijo. Cásate conmigo. Sé mi esposa, Emma.

¿Eran solo sus manos las que temblaban, o las de él también?

–Cesare... no tenemos por qué casarnos. Podemos vivir separados y, aun así, criar a Sam entre los dos.

–¿En casas separadas? ¿En ciudades distintas? ¿Mandando a un niño de un sitio a otro con una maleta? Tú misma has dicho que eso no podía funcionar. Y yo estoy de acuerdo –dijo él. Mientras, lentamente, la abrazó y la miró a los ojos–. Cásate conmigo, Emma. Acepta mi apellido, y deja que mi hijo sea un Falconeri. Te juro que seré un buen padre.

Ella tragó saliva.

–Tú has jurado que no ibas a volver a casarte nunca. Los dos sabemos que sigues enamorado de la mujer a la que perdiste, y que siempre estarás enamorado de ella.

Cesare no lo negó. Era más fácil no negarlo.

–Pero nosotros no vamos a ser amantes –dijo–. Seremos compañeros, iguales. Y criaremos juntos a nuestro hijo.

Ella exhaló un largo suspiro.

–¿Durante cuánto tiempo?

–Para siempre. Yo estaré casado contigo... hasta que la muerte nos separe.

–Eso... sería un desastre.

–El único desastre sería permitir que nuestro egoísmo, el tuyo o el mío, destruyera las posibilidades de que nuestro hijo tenga un hogar –dijo él, y le acarició suavemente la mejilla–. Vamos, Emma, di que vas a casarte conmigo –le pidió con la voz ronca–. Dilo.

De repente, a ella se le cayeron las lágrimas.

–No puedo luchar contra ti –dijo ella, atragantándose con un sollozo–. Estás usando mi propio corazón contra mí. Mi bebé necesita un padre. Es todo lo que he querido desde que supe que estaba embarazada.

Los luminosos ojos de Emma estaban llenos de emoción, y su cuerpo, tenso entre los brazos de Cesare. Todas las luces de París estaban bajo ellos, a los pies de la Torre Eiffel.

–Tú ganas –dijo en voz baja–. Me casaré contigo, Cesare.

–¿Quieres que suba contigo?

Emma negó con la cabeza, aunque no se soltó de la mano de Cesare. No se había soltado de él durante todo el camino de vuelta a casa desde la Torre Eiffel. Todavía le temblaban las rodillas. Y, en aquel momento, junto a la verja del patio de Alain, le temblaba todo el cuerpo; seguramente, por el peso del diamante que llevaba en el dedo.

O, tal vez, porque sabía que acababa de renunciar a su sueño de ser amada, a cambio de conseguir un padre para alguien a quien quería más que a sí misma: para su hijo.

–¿Estás segura? Creo que a Bouchard no le va a alegrar mucho la noticia.

–No te preocupes –repuso ella.

Todavía no podía creer que hubiera aceptado la proposición de matrimonio de Cesare. Él solo amaba a una mujer, a la esposa que perdió, y nunca querría a ninguna otra. Sabiendo eso, ¿cómo podía haberle dicho que sí?

Pero ¿cómo iba a decirle que no? Él le había ofrecido todo lo que ella quería para Sam: una familia y un hogar. Y un padre de verdad, como el suyo. ¿Cómo no iba a sacrificar algo tan insignificante como su propio corazón a cambio de cosas tan importantes para Sam?

Por lo menos, no tendría que preocuparse por si volvía a enamorarse de Cesare. Eso lo había suprimido de su alma. Sí, lo había conseguido...

–¿No cambiarás de opinión en cuanto nos separemos? –le preguntó él.

Ella negó con la cabeza.

–Yo preferiría que permaneciéramos juntos, solo por si acaso –dijo Cesare–. Tal vez Bouchard intente convencerte de que no te cases conmigo.

Aunque ya no lo quería, tener a Cesare tan cerca le producía una emoción extraña por dentro. Emma respiró profundamente para calmarse; no podía permitirse sentir nada. Ni amor, ni siquiera lujuria.

Iba a convertirse en su esposa, pero solo en una esposa de conveniencia. Tendría que mantener las distancias, aunque vivieran en la misma casa.

–De veras, no es necesario que vengas –dijo, y miró hacia la mansión de Bouchard–. Será mejor que le dé la noticia a Alain yo sola.

Cesare sonrió de un modo que a ella le encogió el corazón.

–Está bien. Entonces, iré a buscar el coche. ¿Quedamos en este mismo lugar, dentro de diez minutos?

–¿Diez? –preguntó Emma con incredulidad.

–¿Veinte?

–Dentro de una hora, mejor. Recoger todas las cosas de un bebé lleva tanto tiempo que no te lo creerías.

–¿De verdad? Parece muy pequeño.

–Y lo es, pero tiene muchísimas cosas –dijo ella y, al ver la expresión confusa de Cesare, soltó un resoplido–. Ya lo verás.

–Estoy impaciente –respondió él. Entonces, la atrajo hacia sí y la miró a los ojos–. Gracias por decir que sí. No te arrepentirás.

–Ya me he arrepentido –respondió ella, aunque se rio para demostrar que estaba bromeando. Alzó la mano izquierda y añadió–: Este anillo pesa más o menos quinientos kilos. Nos vemos dentro de una hora.

Entonces, se dio la vuelta y atravesó la verja del patio. Cuando entró en la casa, uno de los guardaespaldas de Alain la estaba esperando.

–*Monsieur* Bouchard no está contento con usted, señorita –le dijo Gustave sin rodeos.

Ella se detuvo en seco.

–¿Me estabas siguiendo?

El hombre giró la cabeza hacia las escaleras.

–La está esperando.

Emma quería darle la noticia a Alain de la manera más suave posible, pero parecía que él ya tenía una idea muy aproximada de lo que se avecinaba. De todos modos, no debería haberla vigilado.

Al subir al piso superior, fue directamente a su habitación para ver a Sam. Lo encontró dormido en su cuna y, durante un instante, escuchó su respiración suave. Sintió ternura y alegría, y sonriendo para sí, susurró:

–Vas a tener una familia, Sam. Vas a tener un papá de verdad.

Salió sigilosamente y cerró la puerta. Entró en la sala contigua, donde encontró a Irene Taylor, leyendo en una butaca.

–¿Cómo ha ido todo? –le preguntó Emma.

–Oh, ha sido perfecto. Es un angelito –dijo la muchacha, con una sonrisa, mientras guardaba el libro en su bolso–. ¿Has tenido una velada agradable?

Sin decir nada, Emma extendió la mano izquierda. A Irene se le escapó un jadeó. Agarró la mano de Emma y se quedó mirando el anillo.

–¿Es de verdad? –preguntó, sin dar crédito a lo que veía–. ¡Ah! ¡Me está cegando! –añadió, frotándose los ojos con grandes aspavientos. Después, sonrió–. Vaya, yo ni siquiera sabía que estabas saliendo con alguien.

–Bueno, es que no salgo con nadie. Pero el padre de Sam vino de visita, y una cosa llevó a la otra...

–Oh, qué maravilla –dijo Irene–. El amor verdadero siempre sale victorioso.

–Eh... Sí –dijo Emma, y se ruborizó. No podía decirle a Emma que el amor no tenía nada que ver con aquello, que solo iba a casarse por el bien de Sam–. En realidad, me marcho ahora mismo a Londres con él. ¿Te importaría ayudarme a recoger las cosas de Sam?

–Encantada. Todas esas cosas tan pequeñitas y monas de bebé. Es una historia preciosa –dijo Irene, con melancolía–. Espero que, alguna vez, yo también encuentre un amor así.

La visión romántica del amor que tenía su amiga, los mismos sueños que ella había albergado una vez, le causaron una punzada de dolor a Emma. No podía decirle a Irene que iba a conformarse con un matrimonio de conveniencia con tal de que su hijo tuviera un padre.

«Sam se lo merece», se dijo de nuevo. Intentó recuperar la calma que había sentido por su decisión un momento antes, mientras miraba a Sam. Se giró.

–Ahora mismo vuelvo –dijo.

Irguió los hombros y salió al pasillo, hacia el despacho de Alain. Respiró profundamente, y entró.

Su jefe estaba sentado en su escritorio, y no levantó la vista. Habló en un tono de amargura.

–¿Lo has pasado bien en la Torre Eiffel?

Emma se alegró de que utilizara ese tono con ella. Eso le ponía las cosas mucho más fáciles.

–Sí, ha sido una noche maravillosa –respondió–. Gracias.

Alain le lanzó una mirada fulminante.

–No me gusta que salgas hasta tan tarde. Estaba preocupado.

–A mí no me gusta que me hayas tenido vigilada.

–Quería velar por tu seguridad.

–Ummm...

–No me fío de Falconeri. Y tú tampoco deberías hacerlo.

–Sí, claro. Está bien. Siento decirte que tengo que dejar mi puesto de trabajo.

Alain la miró con asombro. Lentamente, se puso en pie.

–¿Cómo?

–Me marcho ahora mismo –dijo ella, con las mejillas ardiendo–. Siento mucho hacerte esto, Alain. No es profesional. De hecho, es una grosería. Pero Cesare y yo vamos a volver a Londres con Sam y...

–¡Te está tomando el pelo, Emma! ¡Está jugando contigo! No puedo creer que te hayas creído sus mentiras. Te dejará plantada cuando...

–Vamos a casarnos.

Alain se quedó boquiabierto.

–¿Cómo?

Emma le mostró el anillo de compromiso. Después, volvió a bajar la mano.

–Has sido muy bueno conmigo, Alain. Sé que no te mereces que me marche así. Lo siento mucho. Nunca olvidaré tu bondad y tu generosidad...

–Yo también lo siento –dijo él–, porque estás cometiendo un gran error. Él le destrozó la vida a Angélique.

–La muerte de tu hermana fue una tragedia, pero el forense dictaminó que la causa del fallecimiento fue una sobredosis accidental...

–Accidental –repitió él, con amargura–. Falconeri empujó a mi hermana a la muerte. Es como si le hubiera dado las pastillas él mismo.

–Te confundes –dijo ella–. Eso lo sé muy bien. Todavía la quiere.

–Ella se lo dio todo –prosiguió Alain, como si no la hubiera oído–. Él la engatusó para que se casaran. Ella lo quería, y confiaba en él. Pero, desde que se casaron, él comenzó a ignorarla. La descuidó tanto que ella me dijo que quería divorciarse. Después, murió misteriosamente antes de poder hacerlo.

Emma pestañeó ante la insinuación.

–No pensarás que...

–Si se hubiera divorciado de él, Falconeri no habría conseguido nada. Solo unos cuantos cientos de miles de dólares. En vez de eso, se quedó con toda su fortuna. Utilizó ese dinero para convertir su pequeño hotel destartalado de Nueva York en una gran cadena hotelera. Ya sabes que es implacable.

–Pero no tan implacable como para eso –replicó ella. Recordó que Alain estaba hablando dominado por la ira, por el dolor de un hermano. Se acercó a él y puso una mano sobre su hombro–. Siento lo que le ocurrió a Angélique, de veras. Pero tienes que dejar de culpar a Cesare. La muerte de tu hermana no fue culpa suya. Él la quería, y no le hubiera hecho daño.

Alain puso una mano sobre la de ella.

–Algún día verás el hombre que es en realidad, y volverás conmigo. Te daré el mismo trabajo que tienes ahora, o, mejor aún... –la miró a los ojos–. Te daré exactamente lo que Falconeri te ha ofrecido ahora.

Se refería al matrimonio. Emma tragó saliva y apartó la mano con delicadeza.

—Lo siento, Alain. Te aprecio muchísimo, pero no de esa manera –dijo. Retrocedió hacia la puerta y añadió, con el corazón en la garganta–: Te deseo todo lo mejor. Por favor, cuídate mucho. Adiós.

—Espera.

Ella se giró desde la salida. Alain la estaba mirando con seriedad.

—Mi hermana era brillante como una estrella. Era bellísima, el alma de todas las fiestas. Pero ni siquiera Angélique pudo mantener el interés de Falconeri durante mucho tiempo. Amarlo la destruyó, Emma. No permitas que amarlo te destruya también a ti.

Capítulo 8

QUÉ advertencia tan absurda, pensó Emma. Era casi humorística.

Sí, humorística. Aquella palabra complació a Emma. No sabía qué le resultaba más ridículo: que Cesare hubiera provocado la muerte de su esposa, la única mujer a la que había querido, o que ella misma fuera lo suficientemente tonta como para volver a enamorarse de Cesare.

Porque no iba a permitir que sucediera.

Nunca más.

Aunque Cesare hubiera sido tan maravilloso durante aquellas dos semanas que llevaban en Londres. Se había tomado algunos días libres del trabajo para estar con ellos, pasear por la ciudad y empujar el carrito de Sam, como si fueran una familia normal.

Sin embargo, ella no iba a enamorarse de él otra vez solo porque hubieran tomado champán en el London Eye, ni porque la hubiera llevado a comer el típico pescado con patatas fritas al pub Sherlock Holmes. No le importaba que hubieran ido a Trafalgar Square para mostrarle a Sam los leones de piedra, y que Cesare les hubiera sacado cientos de fotografías. Todos aquellos recuerdos no tenían importancia. Su corazón se había vuelto de piedra.

Habían visitado la National Gallery. El British Museum. Habían hecho un tour por el Globe Theatre, y habían comprado pan y queso en el mercado al aire libre de Borough. Sin embargo, su corazón estaba a salvo.

Cesare no estaba haciendo nada de aquello por ella, sino por Sam, para ser un buen padre de su hijo.

Aunque estuviera cumpliendo aquella promesa más allá de los mejores sueños de Emma.

Justo el día anterior, Cesare se había empeñado en ir a Hamleys, la gran juguetería de Regent Street, y le había comprado a Sam tantos juguetes que habían tenido que pedir otro taxi para poder llevar las bolsas a la casa de Kensington.

–¿Y cuándo, exactamente, esperas que Sam empiece a interesarse por todo esto? –le había preguntado ella, riéndose, mirando a su bebé de cinco meses y, después, el bate de críquet y todos los demás juguetes que había reunido en una pila, en el suelo de la juguetería.

–Ya está fascinado con el críquet. ¿Es que no lo ves? –respondió Cesare, mientras le ponía el bate en la manita al bebé, que estaba dormido en su cochecito–. Mira, claramente es un prodigio del deporte.

Tomó una pelota de espuma y la lanzó, cuidadosamente, hacia el cochecito. La pelota botó en el borde y rodó por el suelo.

–Un prodigio, ¿eh?

Él recogió la pelota con una sonrisa.

–Bueno, tal vez haga falta un poco de práctica.

–¿Para él, o para ti?

–Para mí, sobre todo. Claramente, él ya tiene una gran facilidad.

–Te estás engañando a ti mismo, admítelo.

Se miraron, sonriendo. Al instante, el aire se cargó de electricidad entre ellos. Cesare apartó la vista y murmuró algo sobre ir a pagar a la caja. Emma agarró con fuerza la barra del cochecito y se repitió de nuevo, mentalmente, las palabras «matrimonio de conveniencia».

En aquel momento, se estremeció mientras subía las escaleras de la mansión. Él había tenido con ellos todas las atenciones que había prometido, y más. Y, también como había prometido, no había tratado de besarla ni una sola vez.

Pero eso estaba empezando a ser un problema, porque ella se había dado cuenta de que quería que él lo hiciera...

Sabía que, casándose con Cesare, iba a sacrificar su corazón. Podía aceptarlo por su hijo, pero había algo en lo que trataba de no pensar.

Un matrimonio de conveniencia significaría que, inevitablemente, Cesare iba a tener otras amantes. Él no podría vivir el resto de su vida sin mantener relaciones sexuales. Para un hombre como él, eso sería imposible.

Emma estaba intentando no pesar en ello. Sin embargo, no podía apartárselo de la mente.

Entró en su habitación y cerró la puerta. No quería sentirse celosa, y no quería estar preocupada, pero lo cierto era que sentía miedo de que Cesare tuviera una amante.

Con un suspiro, Emma atravesó el dormitorio y se acercó a la cama. Sobre la colcha descansaba la funda de un traje. Abrió la cremallera y sacó el vestido que iba a ponerse para la fiesta de aquella noche: la fiesta de su compromiso oficial.

Se quedó mirándolo un momento. Después, acarició la tela sedosa de color plateado. Se quitó la ropa que llevaba y se puso la ropa interior que había comprado en una tienda francesa. No se atrevió a mirarse al espejo, por si acaso perdía los nervios.

Aquella noche, Cesare iba a presentarla ante todas sus amistades y ante la sociedad de Londres en general. No como ama de llaves, sino como futura esposa y madre de su hijo. No quería avergonzarlo.

Y, si por arte de magia, él la veía guapa, tal vez su matrimonio se convirtiera en un matrimonio de verdad.

Tal vez él la llevara a su cama, y ella no tendría que volver a sentirse insegura...

«Ni siquiera Angélique pudo mantener su atención durante mucho tiempo. Tú tampoco podrás».

Se quitó de la cabeza aquellas palabras de Alain. ¡Tenía que librarse de aquella angustiosa inseguridad! Sin embargo, cuando había intentado preguntarle a Cesare por aquel asunto, él le había respondido, con la mirada fija en el fuego de la chimenea:

—No me hagas esas preguntas. No voy a permitir que nos tortures con la lista de mis amantes. Tú, precisamente, sabes que esa lista es muy larga —añadió, y la miró a los ojos—. Esta casa es tuya ahora, Emma. Nunca te faltaré el respeto aquí.

Su respuesta la había entusiasmado... en aquel momento. Sin embargo, después, no había podido dejar de darle vueltas. ¿Había querido decir que, aunque no iba a llevar amantes a aquella casa, sí las llevaría a otros lugares? ¿A un hotel?

Se inclinó para tomar el vestido plateado, que era largo y glamuroso como el de una estrella de cine de los años treinta. Dejó que se le deslizara por el cuerpo. No quería estar celosa. No quería preocuparse.

Quería que Cesare la deseara a ella.

Con un nudo en la garganta, se sentó delante del espejo del tocador y comenzó a cepillarse el pelo. Observó su reflejo: era una mujer común y corriente, con las mejillas redondas y los ojos verdes, que tenían una mirada de temor.

¿Cómo iba a casarse con Cesare, aunque fuera por el bien de Sam, sabiendo que él nunca iba a respetar los votos matrimoniales? ¿Cómo iba a permitir que Sam creciera viendo a su padre serle infiel a su madre repetidamente, y a su madre permitiéndoselo? ¿Qué clase de ideas retorcidas iba a hacerse su hijo sobre el amor, el matrimonio, la confianza y la familia?

Ojalá Cesare la deseara. Ojalá pudieran ser amantes, ojalá pudieran ser una familia de verdad...

–¿Todavía no estás lista?

Ella se giró en la silla, y vio a Cesare en la puerta. Él llevaba un elegante esmoquin, y estaba tan guapo como siempre. Emma tragó saliva y volvió a girarse hacia el espejo. No podía dejar de pensar en las noches en que habían hecho el amor, tan lejanas en aquel momento. Había pasado casi un año desde la última vez que él la había acariciado...

–Estás muy guapa –le dijo él, con la voz ronca, mientras se le acercaba.

–Ah... Gracias –respondió ella, ruborizándose.

–Solo te falta el toque final –añadió Cesare.

Se colocó detrás de ella y le puso un collar de brillantes en el cuello. Emma se quedó boquiabierta al verlo reflejado en el espejo. Los diamantes eran grandes y brillaban como el sol. Parecía imposible que fueran de verdad.

–Casi son dignos de la mujer que los lleva –murmuró Cesare.

–No... no deberías haberlo hecho –respondió ella, nerviosamente.

–No es nada. Un regalo sin importancia –dijo él, acariciándola con los ojos negros–. No hay nada lo suficientemente bueno para mi futura esposa.

Emma notó la calidez de su mirada y tuvo un arrebato de deseo, aunque sabía que no debía permitirse desear así a Cesare.

Comenzó a pintarse los labios con la mano temblorosa, intentando ignorar su presencia. Después, se levantó del tocador y se acercó a la cama para ponerse los zapatos de tacón, y se puso delante del espejo.

Estaba completamente transformada. El pelo negro y brillante le caía sobre los hombros, y el escotado vestido que llevaba dibujaba sus curvas a la perfección. Parecía la estrella de cine, glamurosa y misteriosa, de una película en blanco y negro. Nunca se había visto tan bella. Respiró profundamente y se giró hacia Cesare.

–Ya estoy lista –dijo.

Él la estaba mirando fijamente. Emma se dio cuenta de que apretaba los puños mientras sus ojos recorrían el vestido, de la cabeza a los pies. Y ¿eran imaginaciones suyas, o Cesare respondió con la voz ahogada?

–Estás... guapa –dijo él, y carraspeó. Después, le ofreció el brazo–. ¿Lista para conocer a la brigada de bomberos?

–¿Así es como llamas a tus amigos?

Él sonrió y arqueó una ceja.

–Tendrías que ver cómo me llaman ellos a mí.

–Ya lo sé –respondió ella. Al tomar su brazo, a Emma se le borró la sonrisa de los labios–. Eres el play-boy que nunca se dejará atrapar por ninguna mujer.

Él le guiñó un ojo, y el gesto fue tan desenfadado y tan inesperado que a ella se le encogió el corazón.

–Lo entenderán cuando te vean.

Sus miradas quedaron atrapadas, y Emma sintió una presión casi insoportable en el pecho.

«Te quiero», pensó, con toda su alma. «Te quiero, Cesare».

Al darse cuenta de algo tan horrible, a Emma se le escapó un jadeo.

Él le acarició la espalda con preocupación.

–¿Estás bien?

–Eh... Sí –dijo, con un hilo de voz.

Entonces, para que él no viera que se le habían llenado los ojos de lágrimas, comenzó a caminar apresuradamente. Cesare se quedó atrás.

–Espera –dijo él.

Emma se detuvo. Respiró profundamente y miró hacia atrás.

Él sonrió y la alcanzó. Volvió a ofrecerle el brazo.

–Es una fiesta de compromiso. Deberíamos entrar juntos al salón.

Juntos. Ojalá pudieran estar juntos de verdad.

–¿Tienes frío? –preguntó Cesare–. Estás temblando.

–No. Sí. Ummm... –titubeó Emma, y trastabilló deliberadamente–. Son los zapatos de tacón.

Él soltó un resoplido, mirando los diez centímetros de los tacones.

–No me extraña.

Mientras bajaban las escaleras, ella se aferró a su brazo como si los zapatos fueran, realmente, el problema, mientras intentaba convencerse de que todo iba a ir bien, aunque ella estuviera enamorada de Cesare y Cesare no pudiera corresponder a su amor. Tenían un hijo en común, y su matrimonio funcionaría a la perfección como si fuera una sociedad de negocios. Eso contaba, ¿no?

Sin embargo, aquellos argumentos no sirvieron. Emma tenía un nudo en la garganta.

Cuando llegaron al salón de baile de la mansión, ella vio a todos sus amigos: magnates, actores, diplomáticos y aristócratas. Las mujeres eran jóvenes, elegantes, bellas, y la miraron especulativamente. Emma sabía muy bien lo que pensaban: que solo era una interesada y una ambiciosa que se había quedado embarazada a propósito para conseguir atrapar al soltero de oro.

Además, se percató de cómo miraban a Cesare, y se dio cuenta de que el hecho de estar enamorada de él era algo que tenía en común con todas las demás mujeres de aquel salón. Todas ellas lo deseaban. A todas ellas les había roto el corazón.

Tragó saliva y miró a Cesare, con la necesidad imperiosa de que él la reconfortara. Se sentía incapaz de luchar contra los celos.

Él se detuvo, de repente, a las puertas del salón, y se volvió hacia ella.

–Es hora de empezar el espectáculo –dijo, en un tono muy serio, y sonrió forzadamente, como si ya estuviera arrepintiéndose de su promesa de casarse con ella–. Vamos a terminar con esto, ¿de acuerdo?

Entonces, la guio hacia el centro de la estancia y le presentó formalmente a la alta sociedad de Londres. A ella, la criada manipuladora y astuta que había tenido la maña suficiente como para atrapar a aquel millonario playboy.

–Vaya, así que el gran Cesare Falconeri se ha dejado atrapar, por fin –le dijo el emir de Makhtar, en tono de diversión.

–¿Atrapar? –preguntó Cesare, volviéndose hacia su invitado–. A mí no me ha atrapado nadie.

El emir tomó un sorbo de champán y agitó la mano.

–Eso nos ocurre a todos, más tarde o más temprano.

Cesare frunció el ceño. Aquel hombre no era amigo suyo. Lo había invitado a la fiesta por cortesía, puesto que tenían negocios hoteleros en las playas del golfo Pérsico. Esbozó una sonrisa forzada y dijo:

–Yo soy el hombre más afortunado del mundo por estar comprometido con Emma. Tardé un año en convencerla para que se casara conmigo.

El emir sonrió.

–Supongo que algunos hombres están destinados al matrimonio.

–¿Y tú crees que yo soy uno de ellos?

–Claramente. Ya lo has experimentado una vez, y

estás dispuesto a repetir. En cuanto a mí, no quiero verme atado a una sola mujer, sujeto a sus caprichos, condenado a escuchar sus quejas noche y día... —el emir se interrumpió al darse cuenta de que estaba diciendo aquellas cosas en una fiesta de compromiso, y contemporizó diciendo—: Bueno, tal vez el matrimonio sea distinto a la jaula que yo me imagino.

Una jaula. Cesare tuvo un pánico irracional. Oyó la voz áspera de Angélique, una década antes.

«Si me quisieras, me dejarías libre».

«Pero, Angélique, tú eres mi mujer. Hicimos una promesa ante Dios...».

«Entonces, Él me perdonará, porque sabe cuánto te odio...».

«Podríamos ir a sesiones de terapia matrimonial. Podemos superar esta crisis».

Ella había fruncido el labio con desprecio.

«¿Qué hace falta para que me des la libertad? ¿Es necesario que te cuente cómo hago el amor con Raúl cada vez que estamos juntos, aquí y en París, mientras tú estás tan ocupado con tu patético hotel, intentando conseguir algo? Raúl me ama como tú nunca podrás hacerlo».

Cesare se había tapado los oídos, pero ella se lo había repetido una y otra vez.

«Está bien», había dicho, finalmente. «Te doy el divorcio».

Veinticuatro horas más tarde, Angélique había vuelto de Buenos Aires y se había tomado un frasco de somníferos entero. Él mismo había encontrado su cuerpo sin vida y, más tarde, había averiguado que Raúl Menéndez ya estaba casado, y que se había reído de Angélique cuando ella había ido a buscarlo».

El amor era una farsa.

Oh, Dios santo. Cesare comenzó a sudar. El emir tenía razón. El matrimonio solo era una jaula.

–Por supuesto, tu prometida es muy bella –murmuró el emir–. Es una tentación para cualquier hombre.

Cesare miró a Emma, que bailaba por el salón en brazos de Leonidas, uno de sus mejores amigos. El famoso playboy griego la miraba con ojos de admiración, y Cesare sintió un arrebato de celos.

Emma era su mujer. Suya.

–Ah. Es tan bella –prosiguió el emir–. Su pelo oscuro y largo, y esa piel blanca... Y esa figura...

–Ni lo pienses –le advirtió Cesare, entre dientes.

El emir alzó una mano y se echó a reír.

–Por supuesto que no. Solo estaba alabando tu gusto para las mujeres. No se me ocurriría intentar seducirla.

–Me alegro, porque así no tendré que cortarte la cabeza.

El emir cabeceó y lo miró con lástima.

–Estás perdido, amigo. Estás enamorado de ella.

–Es la madre de mi hijo –respondió Cesare, como si aquello lo explicara todo.

–Claro, claro –dijo el emir, con una expresión divertida. Después, tomó otra copa de champán de la bandeja de un camarero y dio un sorbo–. Discúlpame –dijo, a modo de despedida.

–Por supuesto.

Cesare comenzó a caminar por el salón de baile, sin dejar de observar a Emma. Al ver que ella sonreía a Leonidas, entrecerró la mirada y, antes de darse cuenta de lo que estaba haciendo, se acercó a ellos.

–Me gustaría bailar con mi prometida, si es posible.

Emma estaba riéndose, y miró a Cesare con sorpresa. Leonidas iba a hacer algún comentario, pero al ver la expresión de su amigo, lo pensó mejor.

–Vaya, querida –le dijo a Emma con un suspiro–. Tengo que dejarte con este bruto. Ahora le perteneces.

Ella volvió a reírse suavemente, y se despidió de

Leonidas. Cesare tuvo que contenerse para no darle una patada en el trasero a su amigo. Con una ceja arqueada, tomó a Emma entre sus brazos.

–¿Te diviertes? –gruñó.

–Ha sido horrible –respondió ella con una sonrisa–. Me alegro de verte. Sé que es tu amigo, pero no podía soportarlo más. ¡Gracias por salvarme!

–¿Estás segura? Parecía que os lleváis muy bien.

Ella pestañeó.

–Solo estaba siendo agradable con tu amigo.

–Si llegas a ser un poco más agradable, ¡os habría encontrado a los dos en la habitación de invitados!

–¿Qué mosca te ha picado? Te estás comportando como si estuvieras...

–No lo digas –le advirtió él.

Emma agitó la cabeza.

–¡Como si estuvieras celoso!

Cesare apretó la mandíbula.

–Dime, ¿qué era exactamente lo que te estaba diciendo Leonidas para que te rieras tanto?

Unas chispas estaban empezando a iluminar los ojos verdes de Emma.

–No te lo voy a decir.

–Entonces, ¿admites que estabas flirteando con él?

–No admito nada. ¡Tú eres el que has dicho que no tenemos por qué hacernos preguntas el uno al otro!

–¡Sobre el pasado, no sobre el presente!

–Eso está muy bien para ti, porque sabes que tú eres el único hombre de mi pasado, mientras que tu pasado puede llenar todas las habitaciones de esta mansión. ¡Y seguramente ha sido así! –exclamó Emma.

Por primera vez, él se dio cuenta de que tal vez ella tuviera ganas de llorar. La miró, y le habló en voz baja.

–¿Qué te pasa?

–¿Aparte de que me hayas acusado de flirtear con un

amigo tuyo, mientras me torturo cada vez que conozco a una de tus bellísimas invitadas, preguntándome si te has acostado con ella o no? ¡Sospecho de todas ellas!

Entonces, a Emma se le quebró la voz, y él la abrazó suavemente. Bajó la cabeza y le dijo al oído:

—Solo eran aventuras de una noche, Emma. No significaban nada para mí.

—También dijiste que la primera noche que pasamos juntos no había significado nada para ti. Y fue la noche en que concebimos a nuestro hijo.

Él se estremeció de emoción.

Después, la miró con dureza.

—Este es el motivo por el que quería que nuestro matrimonio fuera de conveniencia. Para evitar estas discusiones y estos celos estúpidos.

—¿Te refieres a que has estado a punto de pegar a un amigo tuyo por bailar conmigo y hacerme reír?

Él siguió mirándola con el ceño fruncido durante un minuto. Después, suspiró.

—Lo siento —dijo—. No quería... disgustarte.

Emma apartó la mirada, pestañeando.

—No estoy llorando por eso.

—Entonces, ¿por qué?

—Es una tontería.

—Dímelo.

Ella tragó saliva.

—Toda esta gente piensa que me he casado contigo por tu dinero. Algunas mujeres me han felicitado, incluso por haberte atrapado. Me han dicho que no podían creer que una mujer gorda como yo lo hubiera conseguido. Otras me han pedido consejo para atrapar a un millonario como he hecho yo. Querían saber si le hice agujeros al preservativo con una aguja.

Cesare se puso muy tenso de ira.

—Voy a darles de latigazos a todos ellos.

Emma se rio secamente, aunque le caían las lágrimas por las mejillas.

—No importa —dijo.

Aunque no era cierto. Habían herido su orgullo.

Él le enjugó las lágrimas con los pulgares.

—Nosotros dos sabemos cuál es la verdad.

—Sí, es cierto, pero... de todos modos... —susurró Emma—, ojalá pudiéramos estar a miles de kilómetros de aquí.

—¿De Londres?

—Sí, de Londres. Aquí siempre seré la criada ambiciosa que cazó al millonario. Y tú siempre serás el playboy que se ha acostado con todas las mujeres de la ciudad. Ojalá pudiéramos irnos a algún lugar donde no tuviera que preguntarme, cada vez que veo a otra mujer, si te has acostado con ella.

—Desde que nosotros estuvimos juntos, no he tocado a ninguna otra.

Ella se quedó boquiabierta.

—¿Qué?

Cesare se había quedado tan sorprendido como ella por habérselo confesado, pero ¿cómo no iba a decírselo? No soportaba verla sufrir.

—Es la verdad.

—Pero ¿por qué?

—Porque no quería.

—No lo entiendo —dijo Emma—. Si es así, ¿por qué dices que solo quieres un matrimonio de conveniencia?

—Porque todas mis relaciones sentimentales han terminado muy mal.

Ella tragó saliva.

—Las mías también.

—Nuestro matrimonio es demasiado importante. No puedo permitir que termine con peleas, lágrimas y recriminaciones. El único modo de conseguir que nuestra relación no termine nunca es... no comenzarla.

–No va a salir bien. ¡Míranos! Ya nos estamos peleando, de todos modos.

–Pero no como si... –Cesare se interrumpió y movió la cabeza–. Ya sabes que las otras amantes no me importan. Pero tú... tú eres especial –dijo, y le acarició la mejilla–. Te necesito como compañera. Como amiga. El sexo lo echaría todo a perder. Siempre sucede así. Siempre es lo mismo.

Ella exhaló un suspiro y apartó la mirada.

–Está bien –dijo, finalmente–. Amigos. Pero ¿de verdad no te has acostado con ninguna otra mujer desde la noche que concebimos a Sam?

Él sonrió.

–No se lo digas a nadie. Destrozarías mi reputación.

–No te preocupes, tu secreto está a salvo conmigo –dijo ella, y sonrió también, aunque todavía tenía los ojos llenos de lágrimas.

Durante un momento, se miraron el uno al otro, rodeados por cientos de invitados, en mitad de la pista de baile, como si estuvieran solos en el mundo.

–No tenemos por qué quedarnos aquí –le dijo él, lentamente–. Hay otro sitio al que podemos ir. Es un sitio donde podemos empezar nuestro matrimonio con buen pie. Formaremos una familia con Sam.

–¿Dónde?

A él se le encogió el corazón a recordarlo, pero se obligó a sí mismo a mirar a Emma a los ojos, y a sonreír.

–A casa –dijo, sencillamente.

Capítulo 9

LA VILLA de doscientos años de antigüedad, situada a orillas del lago Como, se erguía como un castillo sobre el agua gris y entre las nubes bajas del atardecer.

Emma respiró profundamente y saboreó aquel aire fresco que le acariciaba las mejillas. Oyó el crujido de la gravilla mientras caminaba por el camino del bosque, que rodeaba al lago, hacia la casa. Llevaba a Sam en un arnés, contra el pecho. El bebé agitó los bracitos y emitió otro grito de protesta. Ella suspiró y miró al bebé, y le acarició el pelo suavemente.

–Estaba completamente segura de que, con un paseo, te pondrías contento, pero parece que no ha sido así –dijo, con voz lastimera. Sam estaba irritable porque no había querido dormir durante todo el día, por mucho que ella lo hubiera intentado–. Ah, bueno. Vamos a ver si te apetece cenar, ¿de acuerdo?

Ella también tenía hambre, después de dar aquel largo paseo. Se había pasado horas intentando dormirlo, pero, pese a lo cansado que estaba el bebé, en cuanto se le cerraban los ojos, daba un respingo y se mantenía despierto. Finalmente, ella había tenido que aceptar la derrota. Además, aquel cielo de finales de octubre, cada vez más oscuro, la estaba empujando a volver a casa.

Eso, y el hecho de saber que Cesare los estaba esperando...

Emma sonrió mientras seguía caminando hacia la villa, que había pertenecido durante cientos de años a la familia Falconeri. Ya llevaban un mes viviendo allí, y ella estaba empezando a sentirse en su casa, aunque el primer día se había quedado asombrada.

–¿Tú te criaste aquí? –le había preguntado a Cesare con incredulidad, recordando su pequeña casa de dos habitaciones en Texas.

Él soltó un resoplido.

–No siempre fue así. Cuando yo era niño, la instalación de fontanería casi no funcionaba. Nuestra familia se había arruinado antes de que yo naciera; incluso antes de que mis padres decidieran dedicarse al arte –dijo, y sonrió con ironía–. Hace cinco años, decidí que no iba a permitir que se derrumbara –añadió con tristeza–. Aunque tuve la tentación.

–Recuerdo oírte hablar de las obras de remodelación –dijo Emma, mientras recorrían las habitaciones. Todas ellas tenían un techo de cinco metros de altura, con frescos y detalles dorados en las paredes–. Nunca me imaginé que algún día viviría aquí, siendo tu mujer.

Entendía perfectamente por qué había renovado la villa, aunque Cesare hubiera protestado tanto por el trabajo y el dinero que había invertido en ella. Se había preservado cada detalle del pasado y, al mismo tiempo, se habían incorporado todas las comodidades de la vida moderna: tenía suelo radiante, ventanales nuevos y dos cocinas separadas.

Emma se había quedado asombrada al ver un viejo retrato de Cesare cuando era un niño de tres o cuatro años, con las mejillas sonrojadas y los ojos brillantes, llenos de inocencia. Tenía la ropa rasgada y llena de barro. Ella lo señaló con una carcajada.

–¿Ese eras tú?

–Mi madre me plasmó a la perfección. Siempre estaba fuera, en el jardín, plantando alguna cosa u otra.

–¿A ti te gusta la jardinería? –preguntó Emma con incredulidad.

No era capaz de identificar la imagen de aquel niño con el sofisticado hombre de negocios que estaba a su lado.

Él puso los ojos en blanco.

–Éramos ese tipo de familia. Si queríamos fruta, la cultivábamos nosotros mismos. La idea que tenían mis padres del cuidado y educación de los niños era darme un palo y mandarme a jugar al jardín. Pero, a pesar de todo, éramos felices. Nos queríamos mucho.

–Lo siento –susurró ella, al ver el dolor que se le reflejaba en los ojos, y lo abrazó suavemente–: Pero ahora estamos aquí.

Por un instante, Cesare le había permitido que lo abrazara y lo reconfortara. Después, se había apartado de ella.

–Sí, al final todo salió bien –dijo con aspereza–. Si no hubiera ocurrido mi pequeña tragedia y no me hubieran enviado a Nueva York, nunca habría creado Falconeri International –dijo, y sonrió–. Quién sabe, puede que siguiera viviendo aquí, en una casa medio en ruinas, plantando naranjos y flores, cavando por el jardín.

En aquel momento, mientras Emma caminaba siguiendo la orilla del lago con el bebé en brazos, miró el jardín. Estaba lleno de malas hierbas, salvaje. Era como si Cesare no soportara verlo destruido, pero tampoco soportara devolverle su belleza pasada.

Se estaba formando bruma sobre el lago, y la humedad hizo que Emma se estremeciera mientras abría la enorme y pesada puerta de roble de Villa Falconeri.

–¿Cesare? –dijo, ya dentro del vestíbulo.

No obtuvo respuesta. Emma oyó un suave ronquido desde su pecho y miró hacia abajo. Después de horas de resistencia, Sam se había rendido al sueño. Tenía las pestañas largas y oscuras posadas sobre las mejillas regordetas, y Emma sonrió y comenzó a subir las escaleras para meterlo en su cuna.

Compartía su precioso dormitorio con el niño. Tenía espacio de sobra para la cuna y el cambiador. La habitación era enorme, de color azul, con grandes ventanas y un balcón que daba al lago. La cama tenía un bonito dosel.

Suavemente, desabrochó el arnés de su cintura y acostó a Sam sin despertarlo.

Después, sin el calor del bebé contra su cuerpo, volvió a estremecerse. Observó el atardecer por la ventana, y pensó que, incluso allí, en aquel bello lugar, dormía sola.

«Eres especial. Te necesito como compañera, como amiga. El sexo lo echaría todo a perder».

Emma respiró profundamente.

Al día siguiente comenzarían las tres jornadas de celebración de su boda. Primero, con la ceremonia religiosa, en la iglesia. Después, con la ceremonia civil, al día siguiente. Serían celebraciones privadas, con pocos amigos, un vestido blanco, una tarta... y votos matrimoniales.

Ojalá todo aquello pudiera ser verdadero. Ojalá ella pudiera ser su esposa de verdad. Quería dormir entre sus brazos, sentir sus labios y su cuerpo duro y desnudo sobre el suyo, por las noches. Sintió una ráfaga de calor al recordar sus besos.

Se estremeció una vez más, y cerró los ojos.

Por mucho que su mente le dijera que el matrimonio era la solución más racional, por mucho que quisiera vincularse para siempre al hombre al que amaba, se sentía muy tensa e, inconscientemente, estaba luchando contra aquella boca.

¿Cómo iba a casarse con un hombre que no iba a tocarla nunca más?

¿Con un hombre que todavía estaba enamorado de su difunta esposa?

¿Con un hombre que iba a satisfacer sus necesidades sexuales en otro lugar, discretamente, mientras Emma envejecía y moría en un lecho solitario?

Emma se había quedado aturdida cuando Cesare le había dicho, en Londres, que no había vuelto a acostarse con otra mujer desde que había estado con ella. Sin embargo, por muy asombroso que fuera aquello, ella sabía que no iba a durar. Cesare no era un hombre que pudiera tolerar la abstinencia sexual durante el resto de su vida. Y habría muchas mujeres que estarían dispuestas a acostarse con él, estuviera casado o no.

Cesare no identificaba el sexo con el amor, como ella; para Cesare, satisfacer una necesidad sexual era como saciar el hambre o la sed. Era solo una necesidad fisiológica, no emocional.

«A mí no me importan las amantes».

Emma tragó saliva y se cruzó de brazos.

Podría preguntarle, directamente, si había pensado serle infiel, pero tenía miedo de hacerlo, puesto que él iba a decirle la verdad, y no creía que su corazón pudiera soportarlo...

No, era mejor vivir engañándose a sí misma, sin plantearse cuál era la horrible verdad...

–Aquí estás, querida.

Emma se dio la vuelta y vio a Cesare en la puerta del dormitorio. Se llevó un dedo a los labios.

–Shhh. Sam se ha dormido, por fin –le susurró–. Acabo de acostarlo.

Él asintió con alivio.

–Gracias a Dios.

Sigilosamente, retrocedió hacia el pasillo, y ella lo siguió y cerró la puerta de la habitación. Ambos exhalaron un suspiro.

–¿Cómo has conseguido que se durmiera? ¿Ha sido por el paseo?

–No. Creo que fue al volver a casa.

Los dos se miraron durante un momento.

–Me alegro de que hayas pensado que era volver a casa, querida –dijo él, con una sonrisa–. Y, a partir de mañana, seremos marido y mujer.

A ella se le formó un nudo en la garganta. Intentó guardar silencio, pero el miedo hizo que se le escaparan las palabras.

–¿Estás seguro de que eso es lo que quieres?

A él se le borró la sonrisa de los labios.

–¿Y por qué no iba a estarlo?

–Una vida sin amor... sin sexo...

–Ya hemos tomado la decisión –dijo él, en un tono más frío–. Vamos, te he hecho la cena. Ella tenía mucha hambre después del paseo, pero vaciló y miró hacia atrás.

–No puedo dejar solo al niño hasta que lleguen los monitores. Esta casa es muy grande, y los muros son muy anchos. Si vamos al comedor, no oiremos a Sam si llora...

–Eso ya lo había pensado –dijo él, y ladeó la cabeza como si, de repente, estuviera muy satisfecho consigo mismo–. No vamos a ir muy lejos.

Le puso la mano en la espalda, a la altura de la cintura, y la empujó suavemente por el pasillo. Ella sintió que la recorría una corriente de electricidad al notar aquel roce delicado y cortés, pero también autoritario. Se mordió el labio y permitió que se la llevara...

... a pocos pasos de distancia. El dormitorio de Cesare estaba junto al suyo.

–¿Vamos a cenar en tu habitación? –preguntó ella.

Él asintió.

–Sí. Una cena privada para dos, en mi balcón.

–Maravilloso –dijo Emma–. Pero ¿hay alguna razón en particular?

–Se me ha ocurrido que sería agradable que cenáramos a solas antes de que empiecen a llegar los invitados, mañana por la mañana. Para hablar.

–Ah.

Aquello no presagiaba nada bueno. La última vez que habían cenado a solas, ella había terminado comprometida con él y su vida había dado un giro de 180º. Tenía miedo de lo que podía pasar en ese momento. De las preguntas que podía hacer. De las respuestas que él podría darle. Todo serían palabras que no podían ignorarse, ni olvidarse.

Emma se humedeció los labios e intentó sonreír.

–Maravilloso –repitió.

Cesare la llevó a su enorme suite, que contaba con una chimenea y una cama enorme que ella intentó no mirar. Salieron al balcón. Allí, efectivamente, había una mesa encantadora para dos, iluminada con velas. Sobre la mesa, dos platos cubiertos. Y, más allá del balcón, el lago Como, cuya superficie brillaba bajo la luz de la luna.

Emma miró a Cesare, y se dio cuenta de que iba cuidadosamente vestido, con una camisa blanca impecable y unos pantalones formales. Con su pelo y sus ojos negros, y sus rasgos marcados... Era increíblemente guapo. Era el hombre al que todas las mujeres desearían. Mientras que ella... Bueno.

Se tocó el pelo; lo tenía despeinado después de haber dado el paseo con Sam, y llevaba una sencilla blusa blanca y unos pantalones vaqueros.

–No voy bien arreglada para esto –dijo–. Eh... ¿no debería ir a cambiarme?

–¿Volver a tu habitación y arriesgarte a despertar a nuestro hijo? Ni se te ocurra. Además, estás perfecta

–dijo él, y apartó una silla de la mesa para que ella se sentara, con un gesto cortés y una sonrisa sensual–. *Signorina, per favore.*

Emma se sentó nerviosamente, y él se puso frente a ella. Sirvió vino en las copas y levantó las tapas de plata de ambos platos. Ella olisqueó la pasta, el pollo y la ensalada. También había pan recién hecho. Se puso la servilleta en el regazo y tomó el tenedor, también de plata.

–Tiene un aspecto delicioso.

–Es una vieja receta familiar.

–¿De verdad lo has preparado tú?

–El pan no, pero la pasta sí. Tenía que hacer algo útil mientras tú intentabas dormir a Sam –dijo él–. Le pedí a Maria que fuera a comprar la verdura al pueblo mientras yo hacía la salsa de tomate.

–No tenía ni idea de que supieras cocinar.

Él se echó a reír.

–Cuando era pequeño, ayudaba en todo. Ordeñaba a la vaca, hacía queso y cultivaba el huerto.

–Ahora llevas una vida tan distinta... –comentó Emma, y tomó un poco de vino con la mano temblorosa. No iba a preguntarle si pensaba ser fiel durante su matrimonio. No, no iba a hacerlo–. ¿Y por qué has dejado así el jardín que tanto adoras? Yo puedo cortar las malas hierbas y comenzar a reponer las plantas...

–No. No es necesario.

–No me importa, de veras. Después de todo, ahora también vivo aquí, y...

La brisa hizo temblar la llama de la vela.

–No.

Aquella negativa cortante hizo el silencio en la mesa. Mientras se miraban, a Emma se le partió el corazón, por todas las cosas que ninguno de los dos iba a decir.

¿Así iba a ser su matrimonio? ¿Cortés, pero desconectado? ¿Cercano, pero silencioso?

¿Se convertiría aquella villa en un lugar silencioso, como la mansión de Kensington?

Emma tomó otro sorbo de vino y pestañeó. Miró hacia la oscuridad del lago, y vio las luces de las otras villas, que brillaban a lo largo de la orilla. Oyó las hojas de los árboles mecidas por el viento, y el ulular de las aves nocturnas.

–¿Cómo conociste a tu mujer? –le preguntó, después de unos minutos, con suavidad.

–¿Y por qué quieres saberlo? –inquirió él, en un tono de cautela.

–Mañana voy a casarme contigo. ¿Te parece tan raro que quiera saber cómo fue tu historia con la primera señora de Falconeri? A menos que... todavía no puedas soportar hablar de ella... –musitó Emma.

Por un momento, creyó que él no iba a responder. Entonces, Cesare exhaló un suspiro.

–Yo tenía veintitrés años. Había heredado el hotel de mi tío. No el hotel en el que tú trabajaste, el de Park Avenue, sino un edificio destartalado de Mulberry Street. Me las veía y me las deseaba para mantenerlo a flote, y tenía que trabajar de la mañana a la noche. Hacía de todo: llevar el equipaje, hacer las reservas, servir el desayuno... –hizo una pausa, y añadió–: Angélique apareció por allí una noche. Había una gran tormenta, y necesitaba refugiarse en algún sitio. Para mí –dijo, mirando hacia la luna–, fue amor a primera vista.

A Emma se le encogió el corazón.

–Tenía diez años más que yo, pero era glamurosa, bella y sexualmente experimentada.

Todo lo que ella no era. Emma se sintió aún peor.

–Nos casamos seis semanas después de habernos conocido.

–Qué rápido –comentó ella, en voz baja.

–Sí. Yo me había quedado deslumbrado con ella. Me

parecía un milagro que quisiera casarse conmigo. Después de la boda, me propuse, más que nunca, que el hotel tuviera éxito. No quería que nadie me acusara de vivir de mi mujer.

—No, claro. Es lógico —dijo ella, y tomó otro poco de vino.

—Ella era única. Fue mi primera vez.

—¿La primera vez que te acostabas con alguien?

—Sí.

—Pero... si ya tenías veintitrés años...

—Gracioso, ¿eh? El famoso playboy, virgen a los veintitrés años. Mi tío era muy estricto y, después de que él muriera, tuve que dedicarme al hotel. No tenía dinero, ni nada que ofrecerle a una mujer.

—¿Acaso estabas intentando reservarte para el matrimonio?

—Sí. Era idealista. Pensaba que el amor era una parte importante del juego. Después, todo murió.

Sí. Angélique había muerto. Su primer y único amor.

—Todavía la quieres, ¿no? —le preguntó Emma—. Y siempre la querrás.

Cesare la miró fijamente. Puso sus manos sobre las de ella, y dijo suavemente:

—No importa.

—Claro que sí importa —replicó ella, con la voz ronca—. Mi padre me decía que el amor es lo único que importa. Es lo único que dejamos atrás.

La expresión de Cesare se volvió severa.

—Los dos queremos a Sam.

—Pero ¿de verdad eso es suficiente para que tú seas feliz?

—El matrimonio no tiene nada que ver con la felicidad. En realidad, solo se trata de guardar una promesa: hasta que la muerte nos separe. Y la verdad es que nosotros dos ya estamos atados. Atados por nuestro hijo.

«Atados», repitió Emma mentalmente. Como si estuvieran aprisionados con una cuerda, o con unas esposas. Con cadenas.

Se puso en pie, tambaleándose.

–No puedo seguir con esto.

–¿Cómo?

–No puedo casarme contigo –dijo ella, con los ojos llenos de lágrimas–. No puedo permitir que esta preciosa casa se convierta en una tumba, como tu casa de Kensington, en la que no había más que silencio y sombras en mi cama... No puedo pasarme el resto de la vida sola, atrapada junto a un hombre que ni siquiera me desea...

–¿Es que crees que no te deseo? Dios santo... Te he dicho que hace un año que no he estado con otra mujer, ¿y tú crees que no te deseo?

–Tú...

–No tienes ni idea de lo difícil que me resulta no tocarte –dijo él. Alargó el brazo y, lentamente, le acarició el cuello. Después, se inclinó hacia delante y susurró–: Anhelo tenerte en mi cama. Todas las noches. No puedo pensar en otra cosa. Solo en ti.

Ella sintió chispas por todo el cuerpo.

–Pero estaba intentando hacer lo correcto por una vez en la vida –continuó él–. Lo mejor para nuestro hijo. Pero no soy capaz de dejar de pensar en ti...

Su voz se acalló con un gruñido, mientras él la tomaba entre sus brazos. La estrechó contra su pecho e inclinó la cabeza. Entonces, se detuvo, con sus labios a pocos centímetros de los de ella.

Emma se echó a temblar al sentir el calor de su respiración. Casi podía saborear sus labios.

–Por favor –susurró, casi sin saber lo que estaba pidiendo. Se estremeció de deseo, aunque su mente no dejaba de repetirle que Cesare no la amaba, que el corazón de Cesare estaba enterrado con Angélique–. Lujuria –dijo, mirándole los labios–. Solo es lujuria.

Entonces, con un súbito movimiento, él la atrapó contra la pared y la besó salvajemente.

Emma sintió el contacto de su cuerpo duro, mientras él la acariciaba con aspereza. Metió la mano por la abertura de su blusa y le tomó el pecho por debajo del sujetador, y ella jadeó al notar que le rozaba el pezón dolorido. Cuando se le separaron los labios a causa del jadeo, él aprovechó para hacer más profundo su beso y tomó su boca con dureza, de un modo que no dejaba dudas de quién era el dueño de la situación.

Sin darse cuenta, ella le rodeó los hombros con los brazos y notó sus músculos de acero bajo la camisa; él movió las caderas, frotándose contra ella.

Cesare siguió besándola y, aunque Emma sabía que no debía permitir aquello, su cuerpo y su corazón le recordaban que aquello era lo que había estado deseado durante años.

Lo cierto era que lo había estado esperando durante toda la vida. Para ella, no era solo lujuria. Era amor. «Te quiero», pensó, temblorosa. «Nunca he dejado de quererte».

Se puso de puntillas para besarlo con todo el amor y toda la angustia que había en su corazón. Él la agarró con fuerza contra la fría piedra del muro.

Siguieron besándose en el balcón, con el lago a sus pies, y Cesare movió las manos por todo su cuerpo, por debajo de su blusa y por sus brazos. Su beso la poseía con una intensidad y una fuerza que no había sentido nunca.

–Dime que pare –dijo él, de repente, con una exhalación temblorosa–. Por el amor de Dios, dime que pare...

Pero ella no podía hacerlo. Estaba tan enamorada de

él que, por una noche, estaba dispuesta a hacer lo que fuera, a pagar el precio que fuera.

Con un gruñido, él la tomó en brazos como si no pesara nada, y la llevó al interior de su dormitorio. Allí, la depositó sobre la cama y se tendió sobre ella para seguir besándola, y comenzó a desabotonarle la blusa. Sin dejar de besarla, le quitó la blusa y la lanzó al suelo, y ella hizo lo mismo con su camisa, hasta que pudo tocar su piel desnuda con las yemas de los dedos.

Con besos febriles, él fue descendiendo por su garganta hasta el valle de sus pechos, y le desabrochó el sujetador con habilidad. Entonces, tomó sus pechos desnudos con ambas manos, y ella se estremeció con las sensaciones. Pero él continuó su viaje hacia abajo, pasándole la lengua por el ombligo y agarrándole las caderas. Le desabotonó los pantalones vaqueros, se los quitó y los arrojó al suelo, junto a la blusa y la camisa.

Ella notó sus hombros entre las piernas, el calor de su boca en la piel más sensible del cuerpo, entre sus muslos. Tuvo que aferrarse a sus hombros con un sentimiento de agonía cuando él deslizó la lengua por su lugar más secreto; y, cuando introdujo dos dedos en su cuerpo, lentamente, muy lentamente, se puso tan tensa que no podía respirar.

–Espera... –le rogó, entre jadeos.

Pero él se negó a obedecer. Sin piedad, siguió llevándola hasta el límite, hasta que Emma explotó con un gemido a causa del placer que le estaba provocando su lengua entre las piernas. En cuanto ella gritó de éxtasis y le clavó las uñas en la carne, él se liberó del resto de su ropa y penetró de una acometida en su cuerpo.

Aquella sensación de plenitud justo después del primer orgasmo le causó a Emma otra oleada de placer y, con las embestidas lentas y rítmicas de Cesare, pronto estuvo temblando sin poder contenerse.

Él comenzó a moverse cada vez con más fuerza, con más rapidez, con la respiración acelerada en medio de la oscuridad de la noche. La brisa del lago, que entraba por el balcón, refrescaba sus cuerpos sudorosos; ninguno de los dos se dio cuenta de que el viento golpeaba las contraventanas contra el muro, porque sus músculos cada vez estaban más tensos. Él la embistió una última vez, y los dos alcanzaron el clímax simultáneamente.

Cesare se desplomó sobre ella pero, como si tuviera miedo de aplastarla, rodó sobre la cama y la llevó consigo para acurrucársela contra el costado.

Emma cerró los ojos. De repente, tuvo ganas de llorar.

Poco antes, lo único que quería era aquello pero, en aquel instante, cuando acababa de conseguir lo que deseaba, ya quería más. No solo sexo, sino también su amor.

En aquel momento de gloria, se le encogió el corazón de dolor. Se apartó de él y se tendió en las sombras de la cama.

–¿Qué te ocurre, querida? –le preguntó él, en voz baja, mientras le acariciaba delicadamente la espalda desnuda.

Ella sabía que no podía responder, pero las palabras se le escaparon en contra de su voluntad.

–¿Vas a serme fiel? –le susurró–. ¿Serás capaz?

No respondió al instante. Y, aunque ella no podía verle la cara, supo que había cometido un gran error. Se giró hacia él.

–¿La fidelidad es tan importante para ti? –preguntó Cesare en voz baja.

De repente, ella notó una punzada de dolor en el corazón.

–No –respondió.

En realidad, ¿de qué servía la fidelidad sin amor? Solo un engaño.

–Mañana nos casamos –dijo él con voz somnolienta, mientras la rodeaba con sus brazos y le besaba la frente–. ¿Sabes cuántas noches he soñado contigo, querida? Y ahora, estás en mi cama. Nuestra noche de bodas, antes de casarnos...

–Sí –dijo ella, mientras pasaba los dedos por su pecho cálido.

Al día siguiente, se casaría con él, y Cesare haría todo lo posible por cumplir con sus obligaciones y respetar sus votos matrimoniales, al menos, durante el primer mes, o posiblemente un año...

Sin dejar de abrazarla, él cerró los ojos y, un momento después, su respiración se hizo profunda y constante.

Emma no tenía la misma paz.

Se apoyó contra su cuerpo desnudo y miró por las puertas abiertas del balcón hacia la oscuridad del lago, escuchando el sonido de su respiración. ¿Podría casarse con él, realmente, sabiendo que no iba a ser más que la madre de su hijo, la guardiana de su hogar y, como mucho, un cuerpo caliente por las noches?

Emma tuvo que pestañear para contener las lágrimas, y siguió observando el reflejo de la luna sobre el lago, que se extendía hacia ella como un camino que conducía a un futuro incierto.

Cesare le estrechó la mano, sin poder apartar la vista de su hermosa cara.

Emma llevaba un precioso vestido de novia y un ramo de rosas. Sin embargo, cuando salían de la capilla, sus dedos se le escaparon. Ella echó a correr por delante de él, y él la llamó. Ella miró hacia atrás, riéndose mientras desaparecía entre la bruma. Cesare la vio caer y rodar por las escaleras de la capilla, mientras su ramo estallaba en un millón de pétalos rosados que cayeron sobre él como la nieve.

Tenía la sensación de que sus pies eran de cemento mientras corría hacia ella. La encontró entre la neblina, sobre un lecho de hierba fresca, pero algo había cambiado. El bello rostro de Emma estaba pálido, y demacrado como el de su madre, y sus ojos, vidriosos y llenos de desesperación, como los de Angélique.

Emma se estaba muriendo, y él sabía que era culpa suya. Cesare corrió desesperadamente hacia el bote para ir en busca del doctor al otro lado del lago. Sin embargo, a medio camino, el motor de la embarcación se detuvo sin previo aviso y lo dejó allí solo, rodeado de aguas negras. De repente, él supo que era demasiado tarde para salvarla. Miró al agua, que parecía un cristal negro a la luz de la luna. Ya solo podía hacer una cosa para terminar con su propio dolor...

Cesare se incorporó de un salto en la cama, entre jadeos.

Intentando recuperar el aliento, miró hacia el balcón. El cielo estaba muy azul, y el sol brillaba. Oyó el canto de los pájaros.

Por suerte, todo había sido un sueño. Solo un mal sueño. Sin embargo, su cuerpo estaba cubierto de sudor.

Aquel era el día de su boda.

Miró al otro lado de la cama en la que había hecho el amor con Emma, pero la encontró vacía. Tocó las sábanas; estaban frías.

Cesare se preguntó si la habría despertado con su pesadilla, moviéndose o gritando. Se apartó el pelo de la frente y exhaló un suspiro de angustia. La idea de ser tan vulnerable le horrorizaba.

Sin embargo, no tanto como lo que tenía que hacer aquel día.

Se levantó de la cama con las piernas temblorosas.

Oyó ruidos en el piso de abajo; los invitados estaban empezando a llegar. Unas veinte personas, entre amigos y conocidos de Londres, Roma y otras partes del mundo, que iban a alojarse durante tres días en la villa para asistir la celebración nupcial.

Él mismo había organizado todo aquello. ¿No debería sentir satisfacción o, al menos, un poco de calma y resignación?

Su cuerpo temblaba a causa de una sola emoción: el miedo.

«Puedo hacerlo, por Sam».

Cerró los ojos y se imaginó la dulce cara de su bebé. Y, entonces, vio a la mujer que lo tenía en brazos.

Emma. Su belleza. Su bondad. Era la madre perfecta para Sam. La amante perfecta. Cesare recordó el éxtasis que había experimentado aquella noche entre sus brazos. Sin embargo, ni siquiera pensando en todas las formas en las que valoraba a Emma consiguió que se le calmara el corazón desbocado. Por el contrario, solo sirvió para hacerle sentir más pánico.

Siempre se había jurado a sí mismo que no iba a tener hijos. Entonces, se había enterado de que tenía a Sam.

Siempre se había jurado que no iba a volver a casarse. Entonces, le había pedido a Emma que se casara con él.

Había jurado con toda convicción que su matrimonio solo sería un matrimonio de conveniencia. Entonces, se había llevado a Emma a la cama, sin poder evitarlo, la noche anterior.

¿Qué sería lo próximo? ¿Qué otras promesas iba a incumplir?

Solo le quedaba una, y era un límite que no podía traspasar. Porque, si lo hacía, si se permitía enamorarse de Emma, quedaría totalmente aniquilado, como antes...

Tomó aire profundamente y atravesó la habitación.

Era la misma habitación grande y bella que había pertenecido a sus padres. Ellos siempre habían estado muy enamorados, pero todo se había terminado.

El amor siempre terminaba, fuera a causa de la muerte o del divorcio. Y, normalmente, su fin causaba un gran dolor.

Cesare no podía permitirse el lujo de querer a Emma. Aquel amor sería una bomba de relojería que haría estallar su vida. Cada vez que trataba de amar a alguien, de depender emocionalmente de alguien, ese alguien desaparecía de su vida. Moría.

Y él no podría soportarlo una vez más.

Tenía el corazón acelerado por la angustia. Miró por la ventana, hacia el jardín salvaje, y más allá, hacia el lago. Nunca debería haber llevado allí a Emma. Nunca debería haberse permitido admirar el brillo de la risa en sus ojos mientras jugaba con su bebé, mientras lo paseaba por el jardín. «Mira, Sam, esto es un limonero, y esto es verbena...».

Como hacía su madre con él. Todavía recordaba sus abrazos de un tiempo en el que él era muy pequeño y muy feliz, y pensaba que aquel cariño iba a durar para siempre. Todavía recordaba la voz grave y tierna de su padre: «Te quiero, hijo mío».

Cesare se estremeció y pestañeó. Había creído que, si tenía buen cuidado de no amar a nadie, de no preocuparse por nadie, estaría a salvo. Y, en vez de ser firme en sus propósitos, había engendrado accidentalmente a Sam.

Pero ¿había sido de verdad un accidente? Alguna parte de sí mismo debía de haber querido correr aquel riesgo, porque él nunca se había acostado con ninguna mujer sin utilizar un preservativo. Ni siquiera con Angélique. Por supuesto, Angélique era demasiado egoísta como para querer tener hijos. Lo único que quería era un hombre que la adorara, y cuando Cesare se había concentrado demasiado en el trabajo, ella había encontrado a otro hombre que le proporcionara la adoración que ella anhelaba tan desesperadamente.

Emma no se parecía en nada a Angélique. Si su difunta mujer era fría y misteriosa como la luna, Emma era como el sol de un día de verano. Cálida. Vital.

Sin embargo, él no podía permitirse el lujo de quererla. Ella podía dejarlo. O podía morir. Podría volver a padecer el cáncer, y dejarlo perdido en mitad de un lago oscuro, como le había ocurrido a su padre.

Mirando hacia el lago Como, tuvo el súbito impulso de salir corriendo, desnudo, y huir de aquella casa, de aquella boda, de irse muy lejos, a un lugar donde la pena, el dolor y la soledad no pudieran volver a encontrarlo.

«Ya basta», se dijo. Respiró profundamente y apretó los puños. «Domínate». No podía desmoronarse. Tenía que casarse con Emma, tal y como le había prometido. Su hijo se merecía tener un hogar verdadero, como el que había tenido él en su niñez, antes de que sus padres se hubieran marchado de repente y se hubieran llevado toda aquella felicidad...

Cerró los ojos y volvió a tomar aire. Reprimió sus pensamientos sin piedad. Reprimió su corazón.

Apretó la mandíbula y abrió los ojos. Se casaría con Emma aquel día. No importaba cómo se sintiera en aquel momento; le había dado su palabra. Se casaría con ella y nunca, nunca la amaría.

Y ninguna pesadilla irracional, ningún temor, le impediría cumplir su promesa.

Capítulo 10

O H, EMMA –susurró Irene, con los ojos muy brillantes–. Eres una novia preciosa.

Emma se miró en el espejo de su habitación, sin poder reconocerse apenas. Como por arte de magia, la sensata ama de llaves se había transformado en una princesa. Su precioso vestido de seda de color crema había sido confeccionado en Milán. Era de manga larga y tenía delicados dibujos bordados con abalorios. Llevaba el pelo negro recogido en un moño, bajo un velo que llegaba hasta el suelo.

Lo único que parecía fuera de lugar en aquella imagen de sí misma eran sus ojos verdes. No estaban llenos de felicidad, como hubiera sido lógico, sino de angustia.

La noche anterior había conocido una pasión y un placer indescriptibles. Aquella mañana, se había levantado muy temprano de su cama cálida para amamantar a Sam y, cuando había vuelto a la habitación de Cesare, él ya no estaba allí.

Y algo había cambiado en él. Durante todo aquel día, mientras les daban la bienvenida a los invitados, apenas la había mirado. Ella había intentado convencerse de que era solo porque estaba ocupado, porque estaba tratando de ser un buen anfitrión. Sin embargo, en una pequeña parte de su corazón, temía que se tratara de algo más que eso.

No. Sabía que era algo más que eso.

Aquel matrimonio era un error.

Emma volvió a mirarse al espejo y alisó con la palma de la mano la falda del vestido. «La decisión ya está tomada», se dijo. Sin embargo, le temblaban las manos.

Desde que se había levantado, aquella mañana, el día había transcurrido en una sucesión de celebraciones que culminarían por la noche, con la primera ceremonia nupcial, que iba a celebrarse en la capilla al anochecer. Emma se había alegrado muchísimo de ver a Irene, que había ido en avión desde París por cortesía de Cesare. Sin embargo, mientras le mostraba su nuevo hogar, la ingenua alegría y el idealismo de la joven le habían resultado irritantes.

–Esto es como un sueño –había dicho la muchacha, al ver la preciosa habitación de invitados que le habían asignado, con el mobiliario antiguo y las telas en colores rosa y fucsia. Se había girado hacia Emma con cara de admiración, y le había dicho–: Te mereces todo esto. Has trabajado muchísimo y siempre has puesto a tu bebé por delante de todo, y ahora tienes la recompensa de casarte con un hombre que te quiere con todo su corazón. Es como un cuento de hadas.

Emma se había sentido muy mal, y había murmurado alguna respuesta de cortesía que ya no recordaba. Más tarde, cuando los amigos de Cesare le daban la enhorabuena, se había sentido incluso peor.

De todas las personas que había en la villa, solo había una que no hablaba con ella. Que ni siquiera la miraba. No había vuelto a acercarse a ella desde que habían hecho el amor, aquella misma noche.

¿Cómo podía pasar tan rápidamente de la pasión a la más absoluta frialdad?

La respuesta estaba clara: Cesare no quería casarse con ella. Solo iba a hacerlo porque se sentía obligado por sus promesas.

Emma miró a Sam. En aquel momento, el bebé estaba tumbado en su cama, mordisqueándose el calcetín, que estaba estirado desde su pie.

–Aquí tienes las flores –le dijo Irene, y le entregó un pequeño ramo de rosas rojas–. Estás perfecta. Es todo tan romántico...

Emma miró las flores y se estremeció. No podía destruir los sueños de Irene diciéndole que el romanticismo no tenía nada que ver con aquella boda. Exhaló un suspiro.

–Ojalá estuviera aquí mi padre –murmuró.

Al instante, Irene se puso muy seria.

–Debe de ser duro no tenerlo aquí, a tu lado, para que te acompañe al altar. Pero está contigo, en espíritu. Sé que es así. Está mirándote y sonriendo.

Emma tragó saliva. Aquel pensamiento empeoró aún más las cosas. Porque aquel día, casándose con Cesare, estaba haciendo algo que su corazón le desaconsejaba, que iba a terminar desastrosamente.

«Es demasiado tarde para echarse atrás», se dijo. «Ya no puedo hacer nada».

Irene miró la hora en su reloj de muñeca.

–Hay que bajar ya –dijo alegremente, y tomó al bebé en brazos–. Sam y yo vamos a sentarnos en primera fila –explicó–. Y, seguramente, vamos a llorar de emoción. ¡Pero he venido preparada! –exclamó, y le mostró un pañuelo blanco que sacó del bolsillo de su falda–. Nos vemos en la capilla.

–Un momento –dijo Emma. De repente, tenía un ataque de pánico. Extendió los brazos–. Necesito que Sam esté conmigo.

Irene se quedó desconcertada.

–¿Quieres recorrer el camino al altar con Sam en brazos?

–Sí, porque... somos una familia.

–Pero... si tienes las manos ocupadas...

Al instante, Emma soltó el ramo, que cayó al suelo, y volvió a tender las manos desesperadamente. Necesitaba sentir al bebé en sus brazos, y recordarse por qué estaba haciendo aquello, por qué iba a casarse con un hombre que no había podido superar la muerte de su anterior esposa. Su verdadera esposa. Necesitaba saber que iba a sacrificar su vida por un buen motivo.

–Dámelo –dijo.

–Ay, tus pobres flores –suspiró Irene, mirando el ramo que estaba en el suelo. Después, asintió lentamente–. Bueno, puede que tengas razón, y sea mejor.

Le entregó al niño, y Emma tomó a Sam en brazos. Sintió el calor de su cuerpecito e inhaló su olor dulce, y estuvo a punto de echarse a llorar.

Irene se dio la vuelta y se detuvo en la puerta de la habitación.

–Vosotros tres ya sois una familia –dijo con suavidad–, pero hoy vais a hacerlo oficial. Gracias por invitarme. El hecho de ver que es posible me hace muy feliz.

Cuando su amiga se marchó, Emma se quedó a solas con Sam y lo estrechó contra sí mientras contenía las lágrimas.

–Bueno, Sam, tenemos que irnos. No podemos llegar tarde –dijo, y miró hacia el cielo por la ventana. Ya estaba anocheciendo sobre el lago–. Ojalá tuviera una señal –murmuró–. Ojalá supiera si estoy tomando la mejor decisión, o si estoy destrozando nuestras vidas.

Por supuesto, Sam no respondió; al menos, no con palabras inteligibles. Con su bebé en brazos, salió de su habitación, por última vez como una mujer soltera. Cuando volviera, sería la señora de aquella villa. Su lugar estaría en la cama de Cesare.

Hasta que él se cansara de ella y comenzara a dormir en otro lugar.

Se apartó aquella idea de la cabeza.

Emma bajó temblando las escaleras. La casa estaba muy silenciosa; todo el mundo se había ido ya a la capilla, incluso el personal de servicio. Oyó el ruido de sus zapatos, que reverberaba contra las paredes y el suelo de mármol.

Salió de la casa y caminó por la orilla del lago hacia la capilla.

–Esto es por ti, Sam –susurró–. Puedo vivir sin que tu padre me quiera. Puedo vivir sin que me sea fiel. Por ti, puedo vivir el resto de mi vida con el corazón entumecido y solitario...

Se detuvo frente a la entrada de la capilla medieval, que estaba iluminada con antorchas cuya luz se reflejaba en el lago. Era un lugar muy romántico, pero todo aquel romanticismo era una falsedad.

Temblando, caminó hacia el pequeño edificio y se colocó al bebé en la cadera. La capilla, del siglo XII, había sido magníficamente restaurada y había recuperado todo su esplendor. Los muros eran gruesos y tenía pocas ventanas diminutas. La puerta, en forma de arco, estaba abierta.

Con el corazón en un puño, entró en el pequeño templo.

El interior estaba iluminado con velas y con algunos candelabros situados a ambos lados del pasillo central. Oyó la suave música de un laúd y de una guitarra. La gente se volvió a mirarla, y algunos exclamaron ante la visión de una novia tan bella.

A Emma le temblaban las rodillas. Sintió un tirón en el velo, y se dio cuenta de que Sam se lo había agarrado y estaba intentando masticarlo. Sonrió a través de las lágrimas; después, respiró profundamente, y la música se convirtió en la tradicional marcha nupcial.

Miró las caras de los invitados mientras caminaba

hacia el altar, pero no reconoció a ninguno. Continuó su camino lentamente e intentó concentrarse en Cesare. Dio otro paso y, después, otro más. Estaba a dos metros del altar.

Entonces, distinguió su expresión.

Cesare estaba pálido de miedo. Ella reconoció perfectamente su expresión de pánico, aunque él intentara sonreír.

Sus pasos se detuvieron.

—¡Alto! ¡No lo hagas! ¡No destroces tu vida!

Aquella era una voz masculina que sonaba como si hubiera salido de lo más profundo del suelo de piedra. A Emma se le cortó la respiración. ¿Era la voz de su padre, que le hablaba desde la tumba? Entonces, se dio cuenta de que Cesare estaba mirando a alguien que había detrás de ella, fulminándolo con los ojos.

Se giró y vio a Alain Bouchard.

El francés, alto, delgado y canoso, entró en la capilla.

—No lo hagas —le rogó a Emma—. Falconeri ya ha causado la muerte de una mujer a la que quería. No puedo permitir que vuelva a hacerlo.

Los invitados jadearon. Cesare emitió un silbido de furia. Emma se dio cuenta de que iba a bajar del altar e iba a pegarse con Alain.

Por intentar impedir una boda a la que ella nunca debería haber accedido, para empezar.

—No te cases con él —le dijo Alain, y le tendió una mano temblorosa—. Ven conmigo.

¿Acaso no había deseado ella algún tipo de señal?

Con una expresión torturada, se giró hacia Cesare.

—No puedo hacerlo —susurró—. Lo siento.

Con el bebé en brazos, se agarró la falda del vestido y siguió a Alain al exterior de la capilla. Huyó de Cesare como si la felicidad de toda su vida, y la de Sam, y la de Cesare, dependiera de ello.

Y por fin lo sabía: así era.

Cesare, como si estuviera en mitad de un sueño, había visto a Emma, la novia más bella que él hubiera imaginado nunca, acercarse a él con su hijo en brazos. Entonces, como si fuera una tormenta repentina y mortal, como si fuera un ángel vengador, Alain Bouchard había aparecido en la capilla, y Emma los había mirado alternativamente a los dos.

Cesare había confiado en su lealtad. Sabía que le daría la espalda a Bouchard y se casaría con él, tal y como había prometido.

Pero ella le había dado la espalda a él.

Lo había abandonado.

Durante un momento, mientras la puerta de la capilla se cerraba, Cesare no pudo respirar. El dolor era tan intenso que se tambaleó.

De repente, el templo se sumió en el más absoluto silencio, y se oyó el viento suave que soplaba desde el otro lado del lago. Todos los ojos se clavaron en él con varios grados de horror, comprensión y lástima.

El cura, que se había reunido varias veces con él durante aquellas últimas semanas, le dijo algo en italiano, en un tono de incredulidad. Él no lo oyó.

El cuello de la camisa lo estaba ahogando, pero tenía que disimular, como fuera posible, todo lo que estaba sintiendo.

Emma lo había abandonado.

En el altar.

Con Bouchard.

Y se había llevado a su hijo.

Miró las caras de sus amigos y de sus socios. Abrió la boca para hablar, pero ¿qué podía decir?

Emma lo había traicionado.

Se aflojó la corbata, se la quitó y la arrojó al suelo. Un instante después, salió de la capilla para ir a buscarla.

Ya no tendría piedad.

Nunca debería haber escuchado a Morty Ainsley. A Cesare le ardían la garganta y los ojos. Debería haber demandado a Emma para quitarle la custodia de su hijo en el mismo momento en que había conocido la existencia de Sam. Tenía que haberse vengado de ella.

Pero, en vez de eso, se lo había ofrecido todo. Su apellido, su fortuna, su fidelidad. ¿No le había dejado bien claro que, si ella lo deseaba, le sería fiel? ¿No se lo había demostrado durante aquel año? ¿Acaso podía haber sido más claro?

Y Emma lo había despreciado todo. Lo había humillado delante de todo el mundo. Él nunca hubiera pensado que podía ser tan cruel. Había hecho el amor con él la noche anterior y, el día de su boda, lo había abandonado por otro hombre.

Atravesó el bosquecillo de limoneros, pensando que iba a hacer que lo pagara muy caro. Emma iba a lamentarlo. La haría desgraciada...

Cesare se dio cuenta de que tenía roto el corazón.

La amaba.

Al darse cuenta plenamente de lo que sentía, se detuvo en seco. ¿La amaba? Había intentado no caer en eso. Se había dicho que no era cierto, pero, durante todo aquel tiempo, se había estado engañando a sí mismo. Los había engañado a los dos. Llevaba mucho tiempo enamorado de ella; seguramente, tanto como ella de él.

Obviamente, ya estaba enamorado de ella la noche que habían concebido a Sam. De otro modo, no habría corrido un riesgo tan grande.

Su cuerpo ya sabía lo que su mente y su corazón se negaban a aceptar: que la quería. La amaba por lo que era: una mujer cariñosa, apasionada, llena de luz y de fuego.

Y ahora que le habían arrebatado de un plumazo toda aquella luz y todo aquel fuego, se dio cuenta de que ya había empezado a contar con ella. Ni siquiera le sorprendía. Siempre había sabido, en el fondo, que aquello iba a ocurrir, que cuando se permitiera amar de nuevo, ella desaparecería.

Solo podía culparse a sí mismo.

–Gracias a Dios que has recuperado el sentido común.

Cesare oyó la voz de Alain Bouchard y se escondió detrás de un grupo de naranjos. Miró a través de las ramas y vio dos figuras junto a la orilla, envueltas en la luz plateada de la luna.

–Vamos –dijo Bouchard con euforia–. Baja al barco. Has tomado la decisión correcta. No voy a permitir que te haga daño.

Cesare apretó los puños e hizo ademán de ir hacia ellos. Sin embargo, se fijó en que Emma no bajaba al barco. Se había dado la vuelta y estaba intentando calmar al bebé, que había empezado a llorar en sus brazos.

–Él no le hizo daño a tu hermana, Alain –dijo–. Nunca le hubiera hecho daño. La quería. De hecho, sigue enamorado de ella. Por eso... Por eso no he podido continuar.

Cesare se quedó inmóvil, con los ojos muy abiertos y, sin querer, hizo crujir una ramita bajo sus pies. Bouchard miró alarmado a su alrededor.

–Vamos –le dijo a Emma–. Puede venir en cualquier momento.

–No voy a bajar al yate –dijo ella.

El francés se echó a reír.

–Claro que sí.

–No –insistió Emma–. Tienes que aceptarlo. Cesare siempre es brutalmente sincero, aunque cause dolor. La muerte de tu hermana fue un accidente. Él no ha conseguido superarlo. Cesare es un buen hombre. Es honorable.

Bouchard dio un paso hacia ella.

–Si de verdad crees eso, ¿por qué estás aquí?

–Porque le quiero. Por eso no he podido casarme con él.

Cesare reprimió un jadeo. ¿Ella le quería?

Bouchard cabeceó.

–Eso no tiene sentido, querida.

–Sí, claro que sí –respondió Emma, y se enjugó las lágrimas–. Él nunca podrá querer a otra mujer que no sea Angélique. Que Dios me perdone, yo podría haberme casado con él, pero... vi su cara en la capilla. Y no pude seguir.

Cesare respiró profundamente y salió de su escondite. Bouchard y Emma lo miraron con sobresalto.

–¿Qué es lo que viste? –le preguntó, suavemente.

–¡Falconeri! –exclamó Bouchard, y se colocó entre ellos dos–. Puede que hayas engañado a Emma, que tiene un corazón ingenuo, pero nosotros dos sabemos que Angélique no murió accidentalmente.

–No.

–Entonces, ¿lo admites?

–Ya es hora de que sepas la verdad –dijo Cesare–. Te la he ocultado durante demasiado tiempo.

–Para ocultar tu culpabilidad...

–Para protegerte.

Bouchard soltó un resoplido despreciativo.

–¿Protegerme a mí?

–Cuando tu hermana se casó conmigo, no quería un marido. Quería un perrito faldero. Yo me dediqué a trabajar para conseguir algo que fuera digno de ella, y ella no soportó la falta de atención. Y comenzó a odiar aún más la situación cuando yo empecé a tener éxito. Ya no me pasaba el día a sus pies, adorándola a cada minuto, y Angélique se aburrió. Comenzó a engañarme. No una vez, sino muchas. Y yo se lo perdoné.

—¿Qué? –preguntó Emma.

Bouchard negó con la cabeza.

—¡No te creo!

—Su último amante fue un argentino al que conoció en París, y que viajaba frecuentemente a Nueva York por negocios. Ella decidió que Menéndez era la solución para su soledad.

Bouchard se quedó boquiabierto.

—¿Menéndez? ¿Raúl Menéndez?

—¿Lo conoces?

—Lo conocí en una ocasión; él estaba cenando en un hotel con mi hermana. Ella me prometió que solo eran amigos.

Cesare sonrió.

—Su relación duró un año.

—¿Por eso quería el divorcio? –preguntó Alain; por primera vez, su tono era de inseguridad–. ¿No porque tú la engañaras a ella?

—Yo nunca le hubiera hecho eso –dijo Cesare cansadamente–. Pensaba que el matrimonio era para siempre. Creía que estábamos enamorados –añadió. Se giró hacia Emma y murmuró–: En aquellos días, yo no conocía la diferencia entre amor y lujuria.

A Emma se le cortó el aliento.

Bouchard seguía entre ellos, con el rostro demacrado.

—Ella me llamó la noche antes de su muerte, sollozando y diciendo que su amor verdadero la había traicionado, que la había abandonado como si fuera una basura, que se había estado acostando con otra todo el tiempo. Yo creí que se refería a ti. Nunca pensé que...

Cesare cabeceó.

–Ella no dejó de pedirme el divorcio durante todo ese año. Quería casarse con Menéndez. Me odiaba y me acusaba de ser su carcelero, de querer que nuestro matrimonio se prolongara para conseguir una parte más grande de su fortuna. ¿Sabes lo que es eso? ¿Sabes lo que es vivir con alguien que te desprecia y que te culpa de destruir su felicidad?

–Sí –susurró Emma, y recordó a su madrastra.

Al ver su expresión, Cesare tuvo ganas de abrazarla y decirle que nunca volvería a sentir ese dolor. Temblando, dio un paso hacia ella.

–Así que tú la liberaste, por fin –dijo Bouchard.

–Sí. Finalmente, le concedí el divorcio para que pudiera casarse con él –dijo Cesare–. Angélique se fue rápidamente a Argentina, pero allí descubrió que Menéndez ya estaba casado. Volvió destrozada a Nueva York. Todavía no sé si quiso suicidarse, o si solo quería dormir profundamente para olvidar su desengaño...

Bouchard comenzó a pasearse de un lado a otro, pasándose la mano por el pelo con desesperación. Miró a Cesare.

–Si esto es cierto, ¿por qué no me lo dijiste nunca? ¿Por qué me permitiste que pensara que todo había sido culpa tuya?

–Porque tú adorabas a tu hermana –dijo él, en voz baja–, y yo no quería que supieras la verdad. Ese tipo de amor tan ciego, ese tipo de confianza en otra persona, son muy raros en el mundo.

–Te insulté. Prácticamente, te acusé de matarla... ¿Como es posible que no me arrojaras la verdad a la cara?

Cesare agitó la cabeza.

–Yo la quise, y también tuve mi parte de culpa. Tal vez, si no hubiera trabajado tanto...

–¿Hablas en serio? –preguntó Emma, con incredulidad, mientras mecía al niño en su cadera.

Cesare sonrió.

–Os lo digo ahora porque os merecéis saber la verdad –les dijo, a Bouchard y a ella–. No quería que nadie conociera mi debilidad, ni el verdadero motivo por el que no quería volver a casarme. Hasta que me enamoré de ti –murmuró, dirigiéndose a Emma.

Ella se quedó boquiabierta.

Alain los miró pensativamente.

–Creo que es hora de que me vaya –dijo, y le tendió la mano a Cesare–. Gracias, Cesare. He cambiado de opinión con respecto a ti. No eres... tan malo como creía. No debes de serlo, si te quiere una mujer como Emma.

Entonces, se volvió hacia ella.

–Adiós, querida mía. Que seas feliz.

Alain Bouchard bajó a su pequeño yate, arrancó el motor y emprendió la marcha hacia la orilla opuesta del lago Como.

Cesare se giró hacia Emma.

–Me has dejado plantado en el altar.

Ella tragó saliva.

–Sí. Supongo que sí.

–Has dicho que algo que viste en mi expresión te ahuyentó. ¿Qué fue?

–El miedo –susurró Emma–. Vi miedo, y no puedo casarme contigo si sientes eso, por mucho que te quiera. No puedo atraparte en un matrimonio sin amor para el resto de tu vida. Creía que seguías amando a tu esposa, y que no habías superado su muerte.

–Era demasiado orgulloso como para decirte la verdad. No quería volver a ser vulnerable ni débil. Quería a Angélique, y quería mucho a mis padres. Y he aprendido que, cuando quieres a alguien, se va.

–Oh, Cesare... lo siento tanto...

–Me prometí que nunca más volvería a unirme tanto a alguien. Pero, entonces, te conocí a ti.

–Nunca me lo habías dicho...

–Intenté convencerme a mí mismo de que no significabas nada para mí, pero, cuando por fin te tuve entre mis brazos, me di cuenta de que eras todo lo que había querido siempre, y más... ¿Crees que fue un accidente que me arriesgara tanto como para mantener relaciones contigo sin preservativos? Hace tiempo que me he dado cuenta de que mi cuerpo y mi corazón ya sabían lo que mi mente estaba intentando negar: que tú eres el amor de mi vida.

A Emma se le estaban cayendo las lágrimas.

–Yo nunca he dejado de quererte...

Él la acalló poniéndole un dedo sobre los labios.

–Estuve a punto de morirme al ver que te marchabas con él. Fue como si mis peores miedos se hicieran realidad.

–Lo siento. Cuando Alain entró en la capilla, lo interpreté como una señal, y pensé que irme con él era el único modo de librarnos a los dos de una vida de tristeza...

–Shh...

Cesare se acercó a ella y la besó con ternura. Cuando volvió a hablar, su voz se había enronquecido.

–Durante todo este tiempo he temido volver a querer a alguien, porque no pensaba que pudiera soportar el dolor de perder a nadie más. Pero creo que siempre he estado enamorado de ti, Emma. ¿Crees que fui a París para hacer un negocio con un hotel? No. Te estaba buscando. Y, cuando supe lo del bebé, te pedí que te casaras conmigo. Y, después, volví a acostarme contigo.

Hice todas las cosas que había jurado que no iba a hacer. Transgredí mis propias normas una y otra vez. Por ti.

–Tú... me quieres de verdad –susurró ella.

–Sí, Emma. Tú me has enseñado que el amor merece la pena, pese a todo. Déjame que te quiera durante toda nuestra vida. Cásate conmigo, querida. Y, sea cual sea tu respuesta, debes saber que tienes mi corazón en tus manos. Para siempre.

–Tú también tienes el mío –dijo ella, entre lágrimas.

–Entonces, ¿vas a casarte conmigo?

–Sí...

–Ahora –exigió él.

Ella soltó un resoplido.

–Qué autoritario –dijo, y se echó a reír–. Algunas cosas no cambian nunca. Pero no importa. Quiero casarme con el hombre al que amo. Con el hombre que me ama. Y si algún día nos sucede algo...

–Todos vamos a morir algún día –dijo él, con los ojos empañados por la emoción, y la tomó de la mano–. La verdadera cuestión es si vamos a vivir. Y, de ahora en adelante, querida mía, nosotros vamos a vivir.

–¡Emma!

–¡Estamos aquí! –dijo ella, aunque sabía que Cesare no podía verlos.

El jardín se había transformado por completo. Era agosto, y la vegetación estaba exuberante: los frutales, el huerto, incluso el maíz. Intentó ponerse en pie, pero, a los ocho meses de embarazo, no le resultó fácil. Tuvo que empujarse desde el suelo con ayuda de las manos, y darse la vuelta de un modo que hizo reír a Sam. El niño ya tenía quince meses y estaba cavando en la tierra con una pequeña pala.

–Mamá –dijo, con una risita, y arrancó una flor del suelo.

–Muy bien, ríete lo que quieras –le dijo su madre–. Pero también tuve que hacer esto por ti, ¿sabes?

El niño se rio de nuevo y le entregó la flor, y ella la tomó con el corazón hinchado de amor.

–¡Emma! –dijo nuevamente Cesare, con cierta ansiedad.

–¡Aquí! –dijo ella, moviéndose entre los arbustos–. ¡Estamos junto a los naranjos!

El jardín se había transformado por completo. Y su vida también. Emma pasaba la mayor parte del tiempo allí, con su hijo, cultivando fruta y verdura para la cocina, y flores para los jarrones de la casa. Salvo cuando viajaban en barco por el Mediterráneo o iban a Londres o Nueva York a visitar a sus amigos. Era muy agradable hacer esas cosas, pero lo mejor de todo era volver a casa.

Su boda había sido incluso mejor de lo que habían imaginado, pese a la interrupción. Cuando Cesare y Emma volvieron a la capilla, los invitados seguían allí. Ellos dieron una pequeña explicación, y todo transcurrió según lo previsto. Y, después de la luna de miel, se habían instalado en una cómoda normalidad; se habían convertido en una familia y eran felices. Cesare continuaba dirigiendo su imperio hotelero, pero había restringido mucho los viajes, sobre todo desde que ella se había quedado embarazada de nuevo.

–Querida mía –le dijo Cesare, cuando apareció en el claro del naranjal, y le dio un beso delicioso. Después, le acarició el pelo a su hijo–. ¿Has tenido un buen día, pequeño?

Al verlos juntos al padre y al hijo, Emma sintió una alegría indescriptible. Y, muy pronto, su hija se uniría a ellos. Con una sonrisa, agitó la cabeza y pestañeó para evitar que se le cayeran las lágrimas.

Él se dio cuenta de que tenía los ojos empañados.

–¿Qué te ocurre? ¿Te encuentras mal?

–No, no. Yo... no puedo explicarlo. Soy tan... feliz...

–Yo también soy muy feliz –susurró él y, de repente, sonrió con picardía–: Y seré más feliz todavía después de que hayamos acostado a Sam...

–Pero ¡si estoy embarazada de ocho meses!

–Nunca has estado más bella.

–Sí, claro.

–Amor mío, es cierto –dijo él, y la besó hasta que ella creyó sus palabras.

Cesare la estrechó contra su costado y, en silencio, observaron jugar a su hijo. Ella oyó el viento entre las hojas, y suspiró.

Había conseguido todo lo que quería: un hombre que la amaba y a quien amaba. Un buen matrimonio y un hogar. Pensó en todo el amor que había existido en las generaciones anteriores. En el amor de sus padres. En el de sus abuelos. Y en el amor que existiría en las generaciones venideras.

«Todos vamos a morir algún día», le había dicho su marido. Pero Emma se dio cuenta de que estaba equivocado.

Siempre que hubiera amor, la vida continuaría. El amor los había convertido en lo que eran. Había creado a Cesare, y la había creado a ella y a Sam. Y, pronto, tendrían otro hijo. El amor era lo que perduraba. El amor triunfaba sobre la muerte.

Y, todo aquel que amara de verdad y que fuera amado, viviría para siempre en la belleza del mundo.

No sabía si aceptar su descarada oferta...

El cínico Cruz Rodríguez cambió ocho años atrás el campo de polo por la sala de juntas, donde sus instintos implacables acabaron convirtiéndolo en un hombre formidablemente rico. Pero surgió una complicación en su último negocio... en la seductora forma de Aspen Carmichael.

Aspen, la criadora de caballos, nunca había olvidado a Cruz... su tórrido encuentro había sido el único placer de su cada vez más desesperada vida. Así que, cuando el deslumbrante Cruz apareció con una multimillonaria oferta de inversión bajo el brazo, Aspen se encontró en un dilema. Porque ansiaba su contacto... ¡pero aquello podía costarle más caro que nunca!

Una oferta descarada

Michelle Conder

Acepte 2 de nuestras mejores novelas de amor GRATIS

¡Y reciba un regalo sorpresa!

Oferta especial de tiempo limitado

Rellene el cupón y envíelo a
Harlequin Reader Service®
3010 Walden Ave.
P.O. Box 1867
Buffalo, N.Y. 14240-1867

¡Sí! Por favor, envíenme 2 novelas de amor de Harlequin (1 Bianca® y 1 Deseo®) gratis, más el regalo sorpresa. Luego remítanme 4 novelas nuevas todos los meses, las cuales recibiré mucho antes de que aparezcan en librerías, y factúrenme al bajo precio de $3,24 cada una, más $0,25 por envío e impuesto de ventas, si corresponde*. Este es el precio total, y es un ahorro de casi el 20% sobre el precio de portada. !Una oferta excelente! Entiendo que el hecho de aceptar estos libros y el regalo no me obliga en forma alguna a la compra de libros adicionales. Y también que puedo devolver cualquier envío y cancelar en cualquier momento. Aún si decido no comprar ningún otro libro de Harlequin, los 2 libros gratis y el regalo sorpresa son míos para siempre.

416 LBN DU7N

Nombre y apellido	(Por favor, letra de molde)	
Dirección	Apartamento No.	
Ciudad	Estado	Zona postal

Esta oferta se limita a un pedido por hogar y no está disponible para los subscriptores actuales de Deseo® y Bianca®.
*Los términos y precios quedan sujetos a cambios sin aviso previo. Impuestos de ventas aplican en N.Y.